半落

〔日〕横山秀夫 著
王维幸 译

天津出版传媒集团
百花文艺出版社

新经典文化股份有限公司
www.readinglife.com
出　品

目录

志木和正

1

茶叶棍竖了起来。

他并不信这种兆头，但感觉倒也不坏。神龛一旁墙上的时钟正指向五点四十分。马上就到点了。天一亮，怀揣拘票的重案搜查一股就要冲进“小林公寓”五〇八，去抓捕那个专门强奸少女、接连玷污了八名小学女生的恶魔了。从接到报案的那天起，这张巨大的侦察网总共投入了三千多名警力，就只为捕捉这一条鱼。

必须拿下！

志木和正连茶叶棍带冷茶一口喝光。他是W县警本部搜查一科的重案指导官，四十八岁，今年春天才升任警视一职，坐上了这个号称“刑警老大”的位子。不然，他现在应该跟一股的同事一起待在公寓附近的车里蹲点守候。独自一人待在静寂的搜查一科办公桌旁等待手下的报告，真不是个人干的差事。

五点五十分。志木的目光落到直通电话上。他早就紧紧贴到办公桌边上，以便不用哈腰就能随时抓起电话。必须确保抓住凶手。

在没听到一股的带队班长镰田的声音之前，厕所都不能去。窗外还很昏暗，山边已染上了淡淡的橘红，但到行动约定的以日出为暗号还为时尚早。真让人焦急，地球自转怎么这么慢。

志木点上烟，狠狠地朝天吐着紫色的烟雾。

一颗从一名十岁少女衬衫上揪下来的贝壳纽扣、纽扣上的微量颜料……花了六十二天时间，这些细微的线索才指向那个短期大学美术老师。高野贡，二十九岁，独身。抓拍的照片已送到志木手里。一张颓废的脸。一个人丁兴旺的富裕农家的三儿子，靠着家族混天撩日、衣食无忧，每天手拿一支画笔，一副艺术家的派头。

好日子该到头了。

志木比对着墙上的时钟和手表，都是六点零七分。

进去了吗？抓捕的情形瞬间浮现，紧张感传遍全身，心跳比自己冲进去还快。志木点上第二支烟。天亮了，窗外晨曦微明。六点十分，应该已经进去了。

他直盯着电话。心里不住地祈祷：赶快响！就在这时——

“指导官。”

他循声望去，只见空荡荡的科室最里面，刑事部值班室的门开了，露出盗窃特侦科的土仓警员的一张娃娃脸来。他不是警局大门的值班人员，只是深夜报警电话接线员。

“什么事？”志木大声喝问。

“电话！”土仓也提高了嗓门。

“转过来！”志木吼道。

真令人恼火，镰田那家伙，早就说好用直通电话联系。志木掐灭香烟，握着内线电话的听筒等候。铃声一响，他一把就抓了起来。

“我是志木。”

“很抱歉这么早打扰你。”

并不是镰田。

“我是中央警局的石坂。出了件麻烦事……”

对方是 W 县警直属的 W 中央警局值班长，声音非常生硬。

“出什么事了？”

志木一面留意手头的直通电话，一面问道。

“刚才，本部教养科的副科长警部来自首。”

什么？

“他犯了什么罪？”

“杀人，说杀了老婆。”

鸡皮疙瘩顿时从贴在听筒上的耳根蔓延到整个脖子。

梶聪一郎的面孔和名字顿时浮现在志木眼前。教官、书法家、温厚、严谨。与梶相关的信息片断顿时箭一般掠过脑海。几年前他的独子病故。比志木早一期。虽然彼此间未曾正经交谈过，但因同在本部上班，在走廊或楼梯碰面时也会用眼神打个招呼。

那个人把老婆杀了？

过了好几秒，他才发出声来：“确定……是他本人？”

“确定无疑。我也认得他。”

“他是怎么说的？”

“说掐死了受疾病折磨的老婆。”

疾病折磨？从未听说过梶的妻子生病啊。不过，虽说同为县警，可一心扑在刑事案上的志木和长期在警察学校做教官的梶，二人所处的环境截然不同。即使志木从未听到过一些私人方面的传言也并不奇怪。

“那边的刑事科长呢？”

“联系上了。正往这边赶。那……现在怎么办？”

对方的声音中透着困惑。

“先带到刑事科的审讯室。派两个人在旁边跟着，好好盯着他。”

就算不会逃跑，也不能忽略跳窗的可能性。毕竟，儿子病故，这次又亲手掐死了深受疾病折磨的妻子。虽然自首了，可内心必然是无比凄苦。

“这么说，先不逮捕？”

“等刑事科长到了，确认过尸体之后，再执行紧急逮捕程序。告诉他们，完事之后立刻向我报告。”

“明白。多谢。”

对方如释重负地挂断了电话。值班长石坂是局里的交通科长，对案子方面并不熟悉，大概有些不知所措。不，一个警官杀了妻子，谁遇到都会慌乱。况且，前来自首的还是一名警部，正儿八经的县警高层。媒体肯定会一片哗然，W县警也会上下震动。

志木再次感到心烦意乱。

“土仓！”他回头喊了一声，娃娃脸立刻在远处答应一声，跑了过来，站在志木面前，腰挺得都有点朝后倾了。

“你读警校的时候，似乎就在梶那个班吧？”

“是。”

“梶警部是个什么样的教官？”

“很温和。”

“温和？有这样的教官？”

“助教佐藤警部补对我们很严厉，梶教官则是个很温和的人，全班都十分喜欢他。”

“那他平时都是怎么教导你们的？”

“嗯，比方说，去参加伤亡惨重的列车事故救援时，他就训示我们，一定要像对待自己的父母兄弟一样来处理遗体……”

“知道了。你回去吧。”

跟印象中完全一致。可是，一个温厚重礼又有人情味的人，为什么要杀了自己的老婆？就算她备受疾病折磨也不至于啊。难道这是性格决定的？志木心中涌现许多疑问，但心情却渐渐平复下来。

用不着权衡。若是从三个重案股负责人的角度来说，梶聪一郎的杀妻案不过是一起简单的自首案。凶手已经认了罪，身家性命也掌握在了警察手中。可是，那个大白天撬锁闯入民宅、用玩具手铐铐住留守少女反复实施强奸的恶魔却尚未归案。镰田还没有打来电话，高野贡应该仍在警察的控制之外。

志木把视线投向墙上的时钟。

六点二十八分。太迟了，天空已经开始泛蓝。

志木一边盯着直通电话，一边拨通了搜查一科科长小此木的宿舍电话。听闻梶自首的案子后，对方半天没说出话来。

“知道了。部长那边由我来转告。对了,画画那家伙怎么样了？”

“还没抓到。快了。”

志木的回答只是自己的愿望而已。他放下电话，看了看表。六点三十五分。他不禁挥拳砸向桌面。

怎么回事？

苗头不对！担心像毒药一样在全身扩散开来。逃跑了？不可能。

高野房间的门和所有窗户都有望远镜二十四小时监视。打镰田的手机问问？不行，按规定，行动时间内必须关机。志木咂着舌，腿哆嗦着，手不禁摸向第三支香烟。

铃声打破了寂静。直通电话——志木长出一口气，抓起听筒。

“不好了！”

镰田的声音敲打着鼓膜。一刹那，志木脑海中的茶叶棍消失了。

“那小子喝了农药！我们在门外怎么喊都没有动静，破门而入就发现他正在厨房疼得满地打滚！”

他察觉到我们的布控了？

“被他发现了？”

“不知道！”

“哪种农药！”

“格兰德松。”

剧毒除草剂格兰德松。志木一腔热血顿时凉了下去。

“原液？”

“好像是！瓶子滚到了地上，不知道他喝了多少。”

“灌盐水催吐！给我猛灌。”

“正在灌！”

“催吐之后立刻送到熊野医院。听明白没有？！”

要洗胃只能去那儿。透析设备齐全，更重要的是离公寓近。

但除草剂很麻烦，其主要成分一旦进入体内，就会随着血液循环导致内脏衰竭。要是吸收的量太大，即使洗了胃、做了透析也还是没救。问题是他究竟是什么时候喝的，又到底喝了多少。

浑蛋！

志木一脚踢飞垃圾桶。

高野确实罪该万死。若是受害少女的父母眼下就在现场，一定希望那家伙就那样痛苦地当场死去。志木也有女儿，完全能理解他们的心情。但是，最近这种家伙实在是太多了。犯下了灭绝人性的罪行之后，为了逃避惩罚就选择一死了之。实在是无法饶恕。哪能让他们这么轻易求死，一定要把他们绳之以法，让天下人唾弃！

“指导官，急救车到了。我们现在就去医院！”

“知道了。我也赶过去！”

刚挂断电话，铃声又响了起来。

“什么事！”

“我是加贺美。”

思维瞬间停止。

是顶头上司，W县警本部本部长加贺美康博。

“十万火急，你赶紧来本部长室一趟。由你来负责审讯梶警部。”

2

二楼全是管理部门的科室。志木在五楼办公，很少在这条走廊里走动，更不用说本部长室了，他只在升任警视时进来过一次。

不过，志木并不紧张，随着脚步的移动，反而是先感到了愤怒。为什么非得自己出马？虽说是县警的一件大事，可梶聪一郎已经在W中央警局的严密监视下了，既不会逃，也死不了。

“打扰。”

志木走进房间，豪华的皮沙发上并排坐着三个人，三张刚起床不久的脸赫然入目。正是W县警三巨头：加贺美本部长、伊予警务部长、岩村刑事部长。加贺美和伊予是警察厅派下来的，二人都通过了司法国考，也许正是这两点，让县警出身的岩村没有了平日的从容。

包括岩村在内，三巨头全都表情严峻。刚四十出头的加贺美本部长看起来甚至有点悲伤。

“梶警部跟你有交情？”

伊予警务部长率先切入话题。

“不，只是认识而已，并没有私人往来。”

“那就好。”

下巴堆满赘肉的伊予点点头，把桌上厚厚的卷宗推到志木眼前。是警务科保管的有关梶的资料。第一页是简历。四十九岁，工龄三十一年。曾在派出所和所辖的警务科工作过，在警校做过四年助教和五年教官。从去年春天起升任教养科副科长。无奖惩情况，父母已故，有房产。一起住的只有妻子启子。

“没时间了。大致扫一眼就去中央警局开始审讯。”

等等，志木真想说一句，我可不是警务部的走狗。

志木低头看看岩村刑事部长。岩村正闭着眼睛。

志木收回视线，“可是……”

刚开口，伊予就不耐烦地打断了他。

“我都听说了，你那个案子就先找个人接手。梶的案子要先办。你是咱们这儿最擅长审讯的吧？”

志木又偷偷地看看岩村。岩村仍闭着眼睛。

志木的确是个天生的审讯官，在警部补时代就被人称作“诱捕能手志木”。但是，他想，梶的杀妻案是自首案，前后也很清楚。梶从一开始就完全坦白了，没必要让手头还有其他案子的自己亲自出面让他“招供”。

“中央警局也有老练的审讯官。”

志木刚一张口，伊予就瞪大眼睛。

“这事能交给下辖局处理吗？你知道这是个什么案子吗？是警员杀人案！”

“我知道。可是，我这边的案子也——”

“报告我已经听过了。有什么问题吗？不就是一个美术老师在搜查员进去之前喝了农药吗？”

“是倒是……”

“那有什么问题？如果是在冲进去之后喝的，才是咱们的过失。”

原来他打的是这种算盘。

果然跟传闻的一样，是个明哲保身的人。说每一句话前都要深思熟虑。听到这位连尸体都没见过的门外汉把刑事部一股脑儿说成“咱们”，志木就觉得太阳穴格外疼。

志木朝岩村瞪了一眼。为什么要让一个不懂审讯的警务部长说了算？

这时，岩村似乎才想明白，把方方正正的脸转向志木。

“美术老师那案子就交给辰巳吧。”

志木不敢相信自己的耳朵。

对警务唯命是从？

志木把身子向前探去。“可是部长，高野正在送往医院的途中，现场需要精确的指挥。”

伊予咂了咂，似乎有点不快。志木没有理会，继续往下说。当然，也有故意说给伊予听的意思。

“就算现在看起来有好转，可农药有迟效性，一旦侵蚀了肺，一周后还是有死亡的可能。对高野进行取证还需要跟医生交涉，处理起来非常麻烦。”

“你觉得辰巳处理不了？”

在岩村的直视下，志木顿时语塞。辰巳是和志木同级别的广域搜查官，可志木顾虑的根本不是这个。

“不是，我的意思是，警部的审讯谁都能做。审讯一个已经完全招供的嫌疑人并不是件难事。”

“现在还很难说是不是完全招供。”

“什么？”

“梶说他三天前就杀了老婆。”

志木只觉得神经都绷了起来。

这么说，并不是杀人后立刻就自首了？

“验尸组的鉴定结论也是死后已有数日。空白的两天让人很不放心。所以，谨慎起见才决定让你出马。”

“可是……”

“还有级别的问题。虽说犯了案，可梶毕竟是一名四十九岁的警部，若是让低级别的年轻警部补或同级的警部来审讯未免有些失礼。地方检察厅那边定了让三号人物佐濑检察官负责审讯，所以我们这边也不能派小人物来应付。”

志木无言以对。虽然有很多话想说，可连本是自家人的刑事部长都这么说了，再拒绝就等于说自己不想当这个指导官了。

“志木，拜托了。”

加贺美本部长这时才开口。

“九点半之前向我报告一下结果。”

志木一愣。九点半？不会吧？

“就是在记者招待会召开之前。”

伊予补充了一句，却没起到作用。志木问道：“晚上九点半吗？”

“当然是上午。”

志木看看手表，已经七点半了。只剩两小时……

“早上七点实施的紧急逮捕。如果过了晚报截止时间再通知记者，他们肯定会指责我们包庇自己人，故意延迟披露。县警干部竟然犯了杀人案，怎么能再让整个系统因为一个人的愚蠢而遭受双重打击呢？”

犯案？一个人的愚蠢？

怎么听都像是门外汉说的话。伊予大概是把志木刚才的话理解成了反抗，说话时都不正眼看他。

没时间了。

志木抱起卷宗站了起来。

一张肖像照从卷宗里滑落到地板上。一张温和的脸。两只眼睛让人联想起某种小动物，正盯着呆住的志木。

教官，严谨，儿子的死，妻子受疾病折磨，掐死，两天的空白，自首……

作为审讯官的第一个疑问浮现了出来。

杀了妻子后，梶聪一郎为什么没有选择自杀呢？

3

志木乘坐指导官专用的侦查指挥车出了县警本部。

已经来不及叫专职司机，志木就让值完夜班的土仓握起了方向盘。上车后他才将梶聪一郎的案子告诉土仓。后视镜里映出土仓发红的双眼，似乎并非全是因为值夜睡眠不足。

到W中央警局大概十五分钟车程。志木调低无线电的音量，用车后座的电话跟镰田班长取得了联系。

镰田说高野贡已被送至熊野医院，正在洗胃。高野目前意识模糊，有血尿，尿中化验出了除草剂成分，情况不容乐观。为谨慎起见，他已经向院长说明了情况，并派了两个人到治疗室。万一高野恢复了意识，再来个咬舌自尽可就完了。

要防止他自杀……

为什么梶却没有选择死呢?

下车时志木仍在思考这个问题。梶要选择去死的理由自然跟高野完全不同。身为警官，犯下了不该犯的罪，让县警声名扫地。承担责任，以死谢罪。如果自己听说梶在留下这样的遗书后自杀了，那受到的冲击一定不会像听到他自首时那样强烈。身为警官，本该这么做，更何况梶还是一名教官，是给年轻人做表率的人。

志木走进W中央警局的大门。看看表，正好八点。他径直上了三楼，打开刑事科的门，科员们顿时一齐站了起来，表情严肃。

无论在哪家警局，重案指导官都让人心存敬畏。本部搜查一科的警视，除了科长和副科长之外，还有指导官、检视官和广域搜查官三人。无论上任年限长短，一旦发生案子，指导官的发言都拥有极大的影响力。作为专门负责杀人、抢劫、纵火、强奸这些恶性案件的重案组成员，只有那些常年在犯罪现场摸爬滚打的人才有可能坐上这个位子。只不过，同历任指导官相比，志木除了现场办案经验丰富外，还有着作为审讯官的傲人成绩，因此被人称为“变种”。

“没时间了。”

志木用手挡回递过来的茶杯，在小峰刑事科长的带领下朝旧办公楼走去。这条通向审讯室的狭窄走廊，也是志木不知走了多少趟的上班之路。

“山崎到了吗？”

“到了，在八号室。”

志木点名让W北局的山崎警部补担任审讯辅助官。审讯辅助官的主要职责是记录嫌疑人的口供，但同时要感知时刻都在变化的审讯氛围，还承担着与外部进行微妙的联络调整的任务，所以也并不是谁都能干的。志木和山崎曾合作过五年，彼此间配合默契。他已经在八号审讯室等候，因为曾有许多顽固的嫌疑人都不可思议地在那间审讯室里招供了。

可是，今天的运气却未必会这么好。

“在三号室审讯。告诉山崎。”

吩咐过小峰后，志木推开了三号审讯室的门。

密闭的空气被一下子搅动起来。没有什么变化，还是那间面积只有七平方米的狭小房间。高高的窗户嵌着格子栅栏，铁桌子两边相对摆放着折叠椅，左手边靠墙摆着审讯辅助官的桌椅。这些就是全部了。审讯官就是在这种枯燥无味的密室中与嫌疑人对峙的。这儿曾是志木的“主战场”，上演过无数审讯与反审讯的心理战。

门口传来响动，志木，循声望去，山崎已带着悠然的神情站在了门口。

“来了。”

“好久不见。”

“见老了。”

“彼此彼此。”

山崎面无笑容，递过来一捆卷宗。

“这是逮捕令和询问记录表。”

这时，敲门声传来，门缝里露出一张意想不到的脸。

“志木，打扰一下。”

是本部警务科的调查官笹冈。他和志木是警官学校的同期学员，但向来自视甚高，措辞傲慢，令人讨厌。当然对方对自己也没什么好感。既然不可能是因为私事，那么笹冈肯定是为了工作才来的。

会是什么事呢？

笹冈身后站着一个西装革履的年轻人，三七分头，一副油光光的木偶般的面孔。

“这是我的部下栗田警部。”

“警部？”

“是啊，虽然年轻，却很优秀。交给你指挥了。”

“指挥？什么意思？”

“你没听说？辅助你审讯的。”

什么？

伊予警务部长那张肥胖的脸顿时浮现出来。

“是来监视我们审讯的？”

“不要说得这么极端，只是负责联络而已。”

“辅助官我早就找好了。别在这儿碍眼，快领着那小子消失。”

笹冈顿时面红耳赤。

“这是部长的命令。”

“哪个部长？刑事部长还是警务部长？”

“你也可以认为两个都是。因为刑事部长并没有反对。”

笹冈说完后一脸得意。

志木愤怒不已，又失望万分。毫不反对？刑事部竟然这么没用？掌管人事和财务的警务部，打着本部长的幌子行使强权，就可以连刑事部的“后宫”审讯室都能随意涉足了吗？

随你的便！

志木扑通一下坐到审讯官的椅子上。

“十分钟后开审。请离席。”

“我马上出去，可栗田——”

笹冈还没说完，就被吼了一嗓子。

“先出去！”

这是志木审讯之前的“仪式”。对此一清二楚的山崎迅速走出了房间。笹冈和栗田也带着诧异的表情跟了出去。

审讯室一片寂静。

志木闭上眼睛。深呼吸。

忘掉一切……

摒除杂念。集中精力。自我暗示。心中默念。

就这样。

审讯好比读书。嫌疑人就是书中的主人公。他们有许许多多的故事，但是不会主动从书里走出来。只有审讯官翻动书页，他们才开始讲述。他们有时会让人感动得落泪，有时又会让人怒火中烧。他们想要倾诉，希望有人来解读他们的故事。审讯官只需静静地翻动书页。他们正在期待，焦急地期待着。如果自己不去翻动，他们的故事也许将永远封存。

志木睁开眼睛。

没能达到从前那种状态，但心情已经平静了下来。可以开始了。

十分钟后，山崎和栗田回到房间，坐到辅助官的位置上。又过了一分钟，志木背后的门开了。他头也不回地等着。

一个穿着西服、没打领带的身影出现在视线里。梶聪一郎背靠着窗，隔着桌子站在志木对面。年轻的看守解开他手上的手铐和身上的绳索，手指微微颤抖。

“请坐。”

栗田瞪大了眼睛。志木就像换了个人似的，声音极为平静。山崎毫不在意，这情形他目睹了五年，还是那个“诱捕能手志木”。

可是，志木此时却是心潮澎湃。

行礼后，梶聪一郎抬起头来，神情比志木还要平和，两眼清澈。为什么杀了人之后还能有如此清澈的眼神呢？他可是亲手杀了自己的妻子，这眼神究竟是……

志木看了看手表。

“十二月七日上午八点二十三分。现在开始审问。我是本部搜查一科重案指导官志木。”

"梶聪一郎。麻烦了。"

声音清晰而流畅。

志木告知了对方沉默权，同时，他感到作为审讯官的自己正热血沸腾。

眼前将会呈现一个什么样的故事呢？

时间有限，他只能先从书的最后一章读起了。一瞬间，他感到有些遗憾。

4

笔沙沙作响，是山崎在做记录。又有一个声音叠加进来，栗田也开始记录。

志木双手交叉放在桌上。

"梶警部。"

称呼对方时带着职务是武士的情义。实际上，本部正在召集惩戒委员会，决定对梶聪一郎做出免职处分。这样，记者招待会上就能称他为"原警官"，而不是以现任职务称呼。

另一方面，警部这个称呼又让志木难过了起来。审讯对象是自己的同事，无论平日里有没有交往，毕竟还是自己人。

不过，现在还是得先告诉他一个事实。

"你的行为让 W 县警深受重创。"

"是……"

梶深深地低下头。

“给诸位同事添了这么大的麻烦，我无话可说。”

志木点点头。

“由于是警官犯案，还得考虑如何应对媒体。因此，这次审讯与往常不同，会从案件的核心部分问起。”

籍贯、履历、前科和经历那些老一套的讯问全盘省略，因为警官在录用时全都接受过身份核查了。

志木的目光落到手头的卷宗上。

梶启子，五十一岁。

“开始提问。你为什么要杀害自己的妻子？”

梶正了正姿势，迟疑了一下后开了口。

“因为……觉得她很可怜。”

“听说你妻子生病了？”

梶轻轻点点头。

“启子被诊断为老年痴呆症。”

志木心头一震。

“两年前就有了前兆，她经常会头晕目眩，一直在买药服用。可是不但没有好转，反而越来越严重。所以，四月份前后，我就硬把启子带到了医院。虽然没有把诊断结果告诉她，可她似乎隐约察觉到了，频频查看起医学书籍，问我自己是不是得了老年痴呆症……”

病情的发展快得惊人。启子经常会记错日期或星期，有时连时钟的时刻都读不出来。她越来越健忘，耽误了不少重要的事。为了防止出错，她把事情都写在记事本上，可后来却忘了看记事本。事后发现忘记了，又非常伤心，害怕得颤抖，也不知自己还能活多久。

“到了夏天，她确信了自己的病，时常把寻死挂在嘴边。我就鼓励她，说你死了谁去给俊哉墓地上的花浇水……”

志木看了看卷宗。

俊哉，七年前死于急性骨髓性白血病，年仅十三岁。

“也许是这样反而刺激了她……这是三天前的事情。”

嫌疑人开始讲述案发当日的事。

“是十二月四日吗？”

“是的，那天是俊哉的忌日。”

在独子忌日那天杀死了妻子——

志木只觉得心脏像被重物击打着一样。

“白天，我们俩去扫墓。启子把墓地清扫得干干净净，还洗刷了墓碑，双手合十在墓前站了很久，还眼泪汪汪地说，若是俊哉还活着，他早该参加成人礼了，真想给他拍张照片。可是……”

梶停了下来，他的脑海中一定是浮现出了当时的情形。

志木默默地等待。

梶干裂的嘴唇又动了起来。

“到了晚上，启子又开始发作，说还没有去扫墓。我不停安慰她说已经去过了,可她就是不听,说是不记得去过。启子已经半疯了，大喊着连俊哉的忌日都忘了，天下哪有这样的母亲，自己已经不是人了，不想活了……她手脚乱扑腾，在屋里乱扔乱砸……我拼命阻止她，她却一边号啕一边反复说你杀了我吧杀了我吧，让我在还能记得俊哉的时候死掉，这样至少还能作为一个母亲死去……她还把我的双手按在她的脖子上，一个劲地求我掐死她……”

志木两手抓着膝盖。

“我就掐死了她……看着实在太可怜了。我……就用这双手掐死了她。抱歉……”

委托杀人?

砰的一声，栗田忽然拽开椅子冲出了房间。九点二十五分。看来他是急着要把梶的供述词送到记者招待会上去。

志木回过头来。

梶的眼里充满泪水，清澈的眼神却没有丝毫变化。把妻子从痛苦中解救出来了，难道这就是那清澈的眼睛传达的真相?

志木真想把这本书合上一会儿。

详尽而细腻的供述，给人一种心脏难以承受的沉重，审讯室里仿佛回响着启子的哭泣声。

只是，在进入休息时间之前，有一件事必须询问一下，也就是岩村刑事部长所说的那“空白的两天”。

“梶警部，”志木盯着对方的眼睛，“之后你又做了些什么？”

梶并没有回避志木的目光，可是什么都没回答。

十五秒……三十秒……一分钟……

梶只是静静地坐在那儿。志木感受不到一点邪念，也看不出一丝反抗，可是，他的嘴唇却一动不动。

辅助官席上的山崎紧张得身体僵硬起来。寂静仍未被打破。难以置信，数分钟之前，梶还表现得就像“完全招供”的范本。

志木朝前探了探身体。

梶大概没弄清问话的意思，志木怀着一丝期待又问了一次。

“从你杀死太太到你自首，中间隔了整整两天时间。这两天你在哪里，又干了些什么？”

梶仍紧闭着嘴唇。

志木与山崎的视线瞬间交织在一起，用眼神告诉彼此——

梶聪一郎仍处于未完全招供的“半落”阶段。

5

梶变成了一个紧闭的贝壳，就这样又过了十分钟。

志木并不着急。

按字面理解，“案发后”是指警方立案的事件发生之后。就算案发之后的情况不明，也不会影响已立案的案件本身。梶已经把犯罪的经过和案发当时的情况都交代了。口供内容极其详细，毫无破绽。在此基础上做成的笔录，无论送检、起诉还是公审，都已经很完美了。总之，了解案发后的情况，只是为了让作案人的故事完美终结。

可是，这个“案件余录”却勾起了志木作为审讯官的兴趣。连杀人这种最严重的犯罪都轻易招了，为什么却对“案发后”的情况绝口不提呢？道理很简单，一定是这“案发后”里隐藏了对梶来说比自首更重要的事。

志木尝试着打破沉默。

“警部，你是在有意保持沉默吗？”

“……”

“我有权沉默，你肯定是在这么想吧？”

“……”

“也就是说，从案发到自首这段时间内的事情你不想说？”

“那个……”

梶开了口，气若游丝。

“必须要说吗？”

志木明白了梶的意思。他一定是想说，我都已经交代了罪行，W县警也能立案了，还有必要说这些吗？

“也不是。”

听到志木的回答，梶再次低下了头。

“我并不是要行使什么沉默权，不过那之后的事，能否拜托你别再追究？”

别再追究？

这时，砰的一声，门被人撞了开来，栗田风风火火地冲进来。

“指导官，快！赶紧给本部的宣传科打个电话，警务部长正等着呢！”

“哦……”志木扫兴地应了一声，慢慢站起来。

“下午一点半再接着审。在拘押处吃个午饭，休息一下吧。早上开始得太早了。”

栗田在一旁催促着：“拜托！请快点！”

两人出了房间。一瞬间，志木忽然一把揪住栗田那三七分的头发，顺着走廊把他往前推。二、三、四，一直推到前面第五间审讯室里，顺势将他摁倒在地上。

“浑蛋！再敢在审讯室里大喊大叫，看我不扭断你的脖子！”

栗田被突然翻脸的志木吓傻了，像只乌龟一样缩在地上，大气都不敢出。

笹冈冲了过来。

“志木，别冲动！冷静一下，警务部长正等着你的电话。”

“这家伙不是已经报告过了？”

“听着，本部长在记者招待会上卡壳了。”

卡壳？

“记者们的提问全集中到了空白的两天上。”

志木看了看地板上的栗田，栗田颤巍巍地点点头。

犯罪的全部情况已经了解了，本以为记者们也理所当然地接受了。

“招待会陷入了僵局。有个年轻记者提到了案发后的情况，本部长开始吞吞吐吐，结果就被各报社揪住不放了。”

说着笹冈递过手机。志木推开，从怀里摸出自己的手机。

县警本部宣传科。伊予警务部长直接接了电话。

“怎么样？说了吗？”

声音压得很低。隔壁的房间里，本部长正被记者们团团围住。

志木稍稍调整了一下心情，说道：“案发后的事情仍然什么都没说。”

“什么？他总该说点什么吧。他没有一直守着老婆的遗体吗？”

“没有，他没这么说。”

“那是在彷徨着寻找死的地方？”

“不清楚，他几乎一直沉默。”

“你的感觉呢？凭你的感觉会是怎样？”

“不清楚。”

“你这算哪门子审讯官？都说你有本事，我看纯粹是胡说八道吧？”

“审讯还未进行到这一步，请如实转告本部长。”

“现在说这个有什么用！”

“可事实的确……”

“是不是傻了？杀死老婆后深受打击，连这两天的事情都不记得了，能不能这样认为？”

停顿片刻后，志木说道：“不，不是的。”

“你这浑蛋！”

伊予的声音消失了，大概是被人叫走了。

浑蛋？

过了一会儿伊予的声音又响了起来，已不像刚才那样焦急。

“这个难题推迟到晚上了。”

马上就到十点了，记者们暂时中断了追问，都忙着去写晚报用的稿子了。

“下次记者招待会是晚上七点。听清楚了吗？这次一定得给我问个水落石出。”

跟梶的较量又掠过志木的脑海。

必须要说吗？

也不是。

“我尽力。”

“尽力？这话留给那些巡查去说。我要的是你作为警视的最终结果，听明白没有？”

6

从审讯室通往刑事科的走廊上没有一个人影。过去的上班之路，志木曾经怀着各种心情经过，焦虑、上火、期待、不安……可是，像这次这种走投无路的心情却前所未有。

W 县警的威信全压在了自己一人肩上。

伊予警务部长的声音仍在耳边回响。

守着老婆的遗体……彷徨着寻找死的地方……杀死老婆后深受打击，连这两天的事情都不记得了……志木大脑的某个角落里也在期待这样的答案。

可事实并非如此。梶聪一郎另有一个跟案件完全无关的故事，所以，即使在儿子病死，亲手杀了老婆，变成一个没有后顾之忧的天涯沦落人之后，他仍未自绝其命，而是选择自首。他选择了生。一定是有一种力量支撑着他，这种力量让他宁可失去作为警官和拥有众多学生的教官的荣誉，并且在拘留所和监狱度过余生。真想读一读他的故事。不，无论如何也要读一读。出于从不服输的审讯官的志气，出于一名重案指导官的面子，也为了能作为 W 县警的一员继续生存下去。

无论如何下午要一决胜负。

志木推开刑事科的门，与正要出来的小峰刑事科长撞了个满怀。小峰脸色发青，说是正要去找他。

志木跟着小峰来到接待室。

“这是搜查员从他家带回来的东西。”

放证据的塑料袋中装着印有华美宣传文字的纸巾。“单间录像店”几个大字首先映入眼帘，接着是小字，“东京”“新宿”“歌舞伎町”……

“在哪儿找到的？”

“梶警部的外套口袋里。外套就挂在他家的衣柜里。”

“家里？”

“他来自首时穿的是西装。”

梶聪一郎知道，一旦自首，就没有回头路，多少年都回不了家了。

“是他平时一直都在穿的外套？”

“参与搜查的教养科的人说是常穿的外套。”

虽然不愿这么想，却不由自主。

梶去了歌舞伎町的单间录像店。

那分明是招揽客人用的纸巾。虽然也可能是街头散发的，可梶去了歌舞伎町这一点似乎已毋庸置疑。那么，是什么时候，又是出于什么目的呢？

一种厌恶感涌了上来。

办案三十年来，志木遇见过各种类型的罪犯。人这种东西，无论装成何等圣贤，一旦撕下那副嘴脸就全都是禽兽。尤其是那些性犯罪者，全然不会顾及地位、名誉和职业。只要是男人，都毫无例外地具有这种犯罪的潜质。以致他认为，性这种东西原本就是这样。

梶聪一郎与歌舞伎町，最不该产生联系的两者却产生了关联。一本正经地活到四五十岁的人尤为危险。那个年代的人从小所受的伦理观教育，使他们把性视为禁区。越是忠于这种观念，他们对性的贪念就会越强。置身于从四面八方如洪水般涌来的性信息中，他们终有一天会猛然醒悟，甚至咬牙切齿地懊恼自己“亏了”，像是要把“损失”夺回来似的追逐性。因贪恋而沉迷其中，对家庭和事业浑然不顾的男人并不少见。

掐死老婆后将遗体丢在那儿就去了歌舞伎町，在自首之前去跟“情人”幽会。

志木和小峰都未把这种推论说出来。

“派两组人去东京。我去梶警部家看看。”

“下面围了不少记者。”

“知道了。”

志木转身往警局后面走去，打开供嫌疑人出入的门，从楼外的应急楼梯下了楼。他正准备去停车场，便看见指挥车附近站着一名年轻男子,是《东洋新闻》的中尾。他立刻想转身避开,可还是迟了。

“指导官！”

练就了一副好腿脚的中尾眨眼间就追到了志木身旁，与他并肩而行。

“您果然走了这边。”

“我只是路过，马上就回去。”

志木再次掉头朝指挥车走去。

“这次的事儿可真不小。”

“哦。”

“真让人吃惊。那个副科长居然杀了自己的太太。”

“你跟他熟吗？”

“不熟，只是采访过一次。副科长是不是编过钢笔字帖发给年轻警官们练习？”

“是的，这帮了我们大忙。否则在做笔录的时候写错了字或者书写不规范，岂不让嫌疑人看扁了。”

“那个人怎么样了？案发后的事儿有没有说？”

“不知道。”

“那两天似乎都跟教养科打电话请了假。第一天说是不舒服，第二天说是有急事。”

“是吗？”

尽管有些意外，可志木还是立刻就明白了。如果擅自缺勤，教养科自然会派人去家里查看情况，那样的话岂不就露馅了。

可是，两天全都正儿八经地打电话请了假，志木窥出梶真面目的同时又担忧起来。还能想到打电话请假，这至少可以推测出他当时并非焦虑至极。问题是，他在让科里相信他“生病”“有事”后又做了什么呢？收拾家里？如果是这样，他应该会实话实说。还是外出了？去歌舞伎町？

志木正要钻进车里，中尾慌忙喊道：

“指导官，那恶魔怎么样了？”

志木一愣，回过头来。这大概才是中尾堵截自己的目的吧。今天早上冲进高野贡公寓的事情现在都还瞒着各家新闻媒体。

“这个嘛……”

“还是您最拿手的‘这个嘛’……”

幸亏中尾的脸上并未流露出较真的神情。原本披露搜查一科正在秘密调查连续强奸少女案的就是中尾，因此搜查人员一直对他敬而远之。他现在应该处在距离连续强奸案信息源最远的位置。

志木一面钻进车后座，一面命土仓开车。他看了车内的电子表，十一点零五分。无线通讯中正通报着失窃车辆的车牌号。

出了警局后门，土仓从后视镜里看了看志木。

“去本部？”

“去梶警部家。”

一瞬间土仓的身体有些僵硬，但他什么都没说，猛地扳了一下方向盘。他的眼睛依然反常地充着血，虽然志木早就让他先睡一觉，但他大概睡不着吧。

志木拨通了镰田的手机。

对方汇报说高野贡已经恢复了意识，现在正在用药物吸收他体内的除草剂，并结合泻药来促进排出，不久就要进入血液透析阶段。镰田仍然处于激动状态，声音震得志木耳朵生疼。

志木挂断电话，叹了一口气。

他觉得镰田已有点像另一个世界的人了。少女强奸案正迅速在自己心里褪色。就算是刑警这一行，人也不能只靠正义感和使命感去工作，有的案子是为了生存才迫不得已去负责，也有为了争抢功劳而明争暗斗的时候，私下里刑警们彼此也是摩擦不断。可是这次却不一样，大家全都抱成了团，仿佛成了受害者的亲生父母。绝不能放过这名强奸少女的恶魔，一定要把他绳之以法。所有相关的刑警不眠不休，奋战了六十二天，终于破了案。

可是……

此时志木的心却在三号审讯室。

跟梶的较量事关自己的前程。

不止如此。他被唤醒了。他现在才意识到，那个不到七平方米的密闭空间才是自己最能发挥能力的战场。拼命破案，跟其他人一样努力往上爬，不知不觉间终于爬上了令所有刑警都艳羡的搜查一科指导官的位子。工位就摆在科室的正中央，统领着大批部下，只凭一部电话就可任意操控巨大的侦查网。可是，这真的是自己希望的东西吗?

无线通讯嘈杂起来。似乎是S市发生了撞人逃逸案，正在进行紧急部署。

志木闭上眼睛，任由身体随车摇晃。

前面出现了一棵栗子树。以前自家院子里的那种。

那时他跟新来的继母关系并不融洽，总抱着死去的母亲买的书，躲在放农具的小棚子里，日复一日地读。书中的主人公把他带入各种各样的故事中。只有在那时，他才能从孤独中解脱出来。

志木仍未睁开眼睛。

无线通讯里传来的紧张对话，听起来就像炎炎夏日里的蝉鸣声。

7

下午一点，第二次审讯准时开始。

志木首先重新核实了一遍犯罪经过和犯案时的情况。必须在四十八小时内将梶聪一郎送交检察厅，即俗称的“四八”。志木早就料到有关“案发后”的审讯要耗费相当长的时间，所以决定把已经审清的部分先做成笔录。

坐在对面的梶并没有明显的变化。辅助官山崎也像往常一样安静。只有栗田不同。大概是“药”见效了，出入时的脚步声放得很轻，连写字的声音都好像有意识地尽量克制着。

而心情最不平静的，大概就是志木了。

他在梶的家中获得了几条重要的信息，吃午饭的间歇又把警务科的卷宗仔细研究了一遍，反复思考着该如何利用这些到手的“证据”。审讯原本就是结论在先，事先选定一处“突破口”，再渐渐将路收窄逼对方“就范”。可这一次他却找不到突破口。如果有的话，那就是“在歌舞伎町跟女人幽会”，但看到那双清澈的眼睛，志木总觉得这离现实太远了。

况且，这次审讯还被警务部束缚手脚，期限是晚上七点。这块石头重重地压在志木心头，焦躁和不安像燃气一样膨胀起来。

下午三点，审讯正在由“案件”转移到“案发后”，但具体内容却仍处于摸索状态。

“老年痴呆症是种很可怕的病吧，你太太才五十一岁。”

“是啊……简直就是晴天霹雳。”

“你四十九岁，我四十八岁，是不是已经到了随时可能发病的年龄了？”

“应该是的。听说发病的平均年龄是五十二岁。”

志木揪住年龄不放，是有理由的。

“刚才我去你家转了转，发现你家的书斋里有一幅写着‘人生五十年’的书法作品。”

梶的目光闪了一下。

“你说的是织田信长吧？人生无常，人只有五十年光阴。”

“从前大概是这样吧。”

“流畅的字体，完美。”

“见笑了。”

“感觉很新，是什么时候写的？”

“……”

“听说你练了二十五年书法？”

“是的。”

“县书法展有十一次入选。去年终于拿到了汉字部大奖。”

“只是运气好而已。”

“自首的时候，把外套忘在家里了吧？”

“什么？啊……是的。”

“是不是觉得反正也回不去了？”

“是的。”

“再也回不来了，当想到这些时，书法家就会提起笔来吧？”

“……”

字是自首之前刚写的，这一点已确信无疑。

人生五十年——

隐藏在这句话中的想法究竟是什么呢？

志木开始冒险，逐渐把提问由“案件”引向“案发后”。

“杀死太太后，你是什么心情？”

梶回答说：“一种怅然若失的状态。知道自己闯了大祸，可另一方面，我又反复安慰自己，这对启子来说是一件好事，是一种幸福。”

“第二天，也就是十二月五日，你以身体不适为由跟科里打电话请了假吧？”

“嗯……”

“真的是不舒服吗？”

“……”

“不是身体，是心里的问题吧。”

“……”

“我检查过你家的门框了。”

梶睁大了眼睛。

“有一处没有灰尘。我在那里发现了悬挂粗绳或带子的痕迹。”

“我想死。”梶突然说道，“俊哉死了，启子被我杀了，我也没有理由一个人活着，更没脸面对各位县警。我应该以死谢罪……我是最差劲的人……可是，只差一年……”

只差一年？

梶忽然意识到什么似的眨了眨眼，又接着说：

“生命……我是说，我舍不得生命。”

停顿了片刻后，志木问：

“只差一年……是什么意思？”

梶沉默不语。

四十九岁的他决定再活最后一年，就是五十岁。“人生五十年”难道是诀别之书？可还是无法理解。现在不死，忍受这一切，而等到五十岁之后就去死？

“跟俊哉的事有关吗？”

“……”

“能到墓前祭奠的就只剩你一个人了。”

说完后志木才忽然意识到，连他也不可能去祭奠了，今后，多少年都不行了。

梶平静地说道：“启子到那边去了。我想俊哉也不会再寂寞了。”

读不出真正的意味。可是，有一点是清楚的。

梶一度想死，后来又反悔了。他选择了坚强地活，决定再活最后一年。是什么驱使他这么做的呢？揭开谜题的关键恐怕就在歌舞伎町了。

志木看了看手表。

下午三点四十五分，离傍晚越来越近。那个声音再次响起。“我要的是你作为警视的最终结果”。可另一方面，志木却心血来潮，难以抑制想揭开令梶守口如瓶的故事的欲望。

志木拉了拉椅子，往梶跟前凑了凑。

“你最近去歌舞伎町了吧？”

看得出来，对方倒吸了一口气。

“去了，是吧？”

“……”

“是什么时候？”

“……”

“一说到案发后的事你就沉默。可是，这样也就意味着你沉默的部分全都会被认定为案发后的事。”

“……”

“我科里有一名很尊敬你的年轻刑警。他说，在支援列车事故现场的时候，你曾训诫他们，说要像对待自己的父母兄弟一样来处理遗体。是这样吗？”

“是的。”

“那你为什么要把太太的遗体丢在那里，一个人外出呢？”

“……我不能说。”

“为什么？是因为内心有愧吗？”

"……"

"说实话，我原本有一点怀疑。但现在，我根本不认为你曾在歌舞伎町游荡过。"

"……"

"你是个不会撒谎的人。案发第二天你的确是身体不舒服，而接下来那天的确是有重要的事。没错吧？"

"……"

"这重要的事到底是什么？"

"你放过我吧。我不能说。"

"其实你是想说的，想把自己的心情告诉别人。你心里肯定是这么想的，对吧？"

梶盯着志木。志木也注视着他。

书页就快被翻开了。这一瞬间，确实有真相即将揭晓的迹象。

可是，梶却垂下了眼睑。再次抬起头来时，他的眼神里第一次出现了混浊。

"志木警视，请告诉我，我要供述什么才行？"

"什么意思？"

"我不想再给大家添麻烦了。你、县警，还有学生们，我都不想……"

"你到底想说什么？"

追问的同时，志木感到身体也僵硬起来。

梶说道："我一直在寻找一个死的地方……这么说可以吗？"

这究竟是愤怒还是悲伤？志木胸中仿佛燃起了一把火。

志木一面回味着自己说过的话，一面说道："不用担心。我只是想了解一下你真实的想法。”

8

下午五点。志木宣布暂时休息，然后朝刑事科走去。他要浏览各报社的晚报，这是早就列入计划的安排。

一打开刑事科的门，手握电话听筒的笹冈的侧脸就映入了眼帘，旁边紧跟着栗田。就在进入休息时间的几分钟前，他悄悄溜出了审讯室。

一叠晚报就放在后面的桌上。正要走过笹冈身旁的时候，笹冈把听筒递了过来。

“部长电话。”

又要催了吧。

“我是志木。”

“哦，干得好！”

志木不知所措。伊予警务部长竟然心情不错。

“您说的是哪件？”

“不要谦虚了。是门框，门框。自杀未遂，你终于让他交代了。七点的记者会有这个就行了。典型的自杀未遂，这下记者们也都能闭嘴了。”

典型的？

“可是，自杀未遂并不能解释空白的两天。”

“能。他一直闷在家里，一度想要自杀。这样说，记者和外人就都能理解了。”

危机过去了。真实感终于涌了上来。

可是，放松的感觉中似乎夹着沙子，志木无法放下电话。

“梶警部外出的事情是确信无疑的。”

“这件事就不要再提了。”

伊予突然语气一变，威胁起他来。

“不要提歌舞伎町。要是让人知道了，县警干部个个都得切腹。”

“但我觉得并非是出于招妓的目的。”

“名声不好听。名声。接下来，在审讯时也不要再提歌舞伎町的事了。万一他真的招供说去了，那岂不是搬起石头砸自己的脚！忘了这件事，明白了吗？”

志木只觉得耳朵发痛。

身为警官，这个人竟然禁止部下去查清事实！

“话虽是这样——”

“别说了。”

一旁的笹冈从志木手里抢过听筒，背过身去对着话筒大声聊了起来。

栗田后退了两步，他无疑是预感到了志木即将爆发。他那畏缩的样子实在很滑稽，志木不禁露出了微笑。

栗田再度后退。

“把晚报递给我。”志木对近旁的科员说了一声，在椅子上坐下。愤怒的线路没能接通，大脑似乎短路了。

晚报的报道并没有预想的那样耸人听闻。老年痴呆症，委托杀人。记者大概也是心存怜悯。然而，各报社的报道却都是如此收尾的："由于杀害太太启子到自首前的两天行动不明，县警仍在严厉审讯嫌疑人。"

W地方检察厅的佐濑检察官打来了电话。大概是看过晚报才知道空白两天的事，所以刨根问底地询问情况。志木跟佐濑也是经常喝两盅的朋友。话已经到了嗓子眼，志木还是把外出的事咽了下去，只告诉了他自杀未遂的事实。检察厅的人并不是自己人。虽说是平日里怀有的不信任感让他这样做的，可从结果来看却顺应了伊予的意思，控制了情报。放下电话后志木才意识到这些。

9

回到警局宿舍已是凌晨一点。这还算是早的。

志木穿过昏暗的走廊朝厨房走去。看美纪睡姿的习惯不知不觉间已经中断了。美纪过了十五岁之后，再去她的房间查看会被视为"偷窥"。

餐桌上摆着三个覆有保鲜膜的盘子。道子是在看了傍晚的电视新闻后才决定了志木的宵夜食谱的。逮捕强奸少女的恶魔的报道化为乌有，所以用来庆祝的头尾俱全的整条鱼就被放进了冰箱冷藏室。

高野贡已经结束血液透析，转入了病房。虽然不能动弹，可为了保险起见，志木还是指示镰田派人看守。

仿佛跟墙上时钟的秒针竞赛一样，志木默默地动着筷子。

证据搜查并未取得进展。单间录像店店员看过梶聪一郎的照片后，只是频频摇头，本部教养科的科员那边也未问到重要线索。所有人对梶的评价都是“为人温厚”，但没有一个人知道他老婆是老年痴呆症患者。

晚上的记者会似乎也像伊予预期的那样顺利。加贺美本部长挺着胸脯告诉记者们，梶聪一郎自杀未遂一事准确无误。

那双清澈的眼睛又浮现在志木眼前。

傍晚以后的审讯又回到了完善笔录。因为佐濑检察官叮嘱过，一定要在明天上午将梶聪一郎送交地检。严禁县警内部相互袒护，佐濑做出的分明是这种暗示。

不过，就算送交了检察厅，也不意味着案件跟县警没关系了。在起诉之前，梶还是要被关押在W中央警局的拘押处。明天送交检察厅，后天会批准为期十天的司法拘留，甚至还有再延期十天的可能。共二十天，就算检察官的调查需要五六天，可以提审的时间也还有整整两周。

一定要解读出真相……

志木一边洗脸，一边努力思索。

媒体的骚动总算平息了。警务部也不会再捣乱了。把妻子的遗体置之不理去了何处，又干了些什么？为什么一度放弃了自杀，做出了生的抉择呢？

镜子里映着一张四十八岁的脸。

平时疲劳只是折磨着眼睛和肩膀，今晚却写满了整张已经开始显现皱纹的脸。

人生五十年。

这时，志木感到背后有动静。

咯吱，咯吱……一个瘦小的身躯正拖着腿朝卫生间走去。

看上去像棵枯萎的栗子树。

“妈，我回来了。”

志木轻轻打了声招呼，像往常一样，没得到任何回应。

10

志木被电话铃声吵醒了。他习惯性地把手伸向枕边的警用电话，可正在响的却是起居室的家用电话。

上午五点五十分——

“我是笹冈。”

是那名昨天就“缘分已尽”的警务。

“什么事？”

“你那儿有哪些报纸？”

“七种都有。局里订的。”

“那你看看时报。上面登了一篇荒唐的报道。”

“信箱在外边。什么事？说。”

“说是梶自首的前一天，有人看见他出现在 K 站的站台上。”

一瞬间睡意全无。

“谁看见的？证据可靠吗？”

“你应该也认识。就是那个常来本部厚生科小卖部卖领带的商人。浑蛋，今后他休想再跟警察做生意。”

十分钟后志木冲出了警局宿舍。

出乎意料的是，伊予警务部长竟已一脸浮肿地在 W 中央警局三楼的刑事科里等着了。

志木被拽进接待室。笹冈和栗田也跑了进来。不，栗田是悄无声息地进来的。

当地报纸《县民时报》的社会版早已被摊开放在桌上。

自首前一天的十二月六日，上午七点左右，身穿外套的梶出现在K站的新干线上行站台上。领带商上前打招呼,他回了一个眼神。“去哪儿？”领带商搭讪道，可他并没回答，样子很奇怪，于是领带商不再言语。

志木喘了一口粗气。完美的特讯。没办法应付过去了。

“能补救。还能设法补救。”伊予吼道。

“五日自杀未遂，六日徘徊着寻找死的地方。怎么样？”

笹冈皱起眉来。

“可是，上行站台……”

“只是站在那儿而已。反正也不知道乘坐的是上行线还是下行线。”

伊予尖锐的目光投向志木。

“一旦把外出跟歌舞伎町联系起来就完了。”

志木也有点犹疑。若是不交代外出目的，光是歌舞伎町就会让和W县警沦为媒体的俎上肉。

“喂，赶紧开始审讯！你也是为了这个来的吧。”

在伊予的逼迫下，志木看了看墙上的时钟。六点二十分。

“拘押处的早餐时间是七点。”

“没事。不吃早饭就审。”

“要是律师闹起来就麻烦了。”

“法院指定的律师应该不会找碴。总之，在晚报截稿之前务必让他说话。就说六日那天他在彷徨着寻找死的地方。”

志木瞪着伊予。“您的意思不会是诱假供吧？”

“诱假供？什么意思？”

竟然来这一套！由审讯官暗示嫌疑人，让对方完全照警察的剧本来供述。这是审讯官最大的耻辱。

“就是逼他做假供。”

“不管是不是假供，总之必须让他说！”

“逼供得出的证词没有证明力。一旦事后露馅，上了法庭可能会翻供的。”

“嘿，你是怕乌纱不保吧？梶聪一郎不会翻供的，那家伙心里肯定正觉得愧疚。”

“是的。”

“既然这样，告诉他，拿出证词来。如果他还有点愧疚之心，谎言也好别的也罢，他都得说。你就说，就是因为你，全县两千三百名警官正在挨骂。你就照我的原话告诉那个浑蛋！”

“可是……”

“你给我记着——”伊予的脸都扭曲了，“如果说你的位子真的不保，那也绝不是在法庭上被翻供的时候。”

志木的大脑摇晃起来，话从嗓子眼里消失了。

他出了接待室，借用楼里的电话，打到了刑事部长的公寓。

岩村立刻接了电话。志木汇报了情况。岩村沉吟片刻，回应道：“你就当是为了梶好吧。有时候真相也会有两个。”

情绪跌到了低谷。

志木放下电话，大喊起来："栗田！"

"是，是……"

"叫北局的山崎！"

11

六点四十五分。三号审讯室。

大概是被志木不同寻常的情绪感染了，梶聪一郎的表情也有几分僵硬。

志木并没有坐下。

"一大早就开始，实在抱歉。就当是昨天白天的继续吧。"

"……"

"警部，十二月五日和六日这两天，你在哪里，又干了些什么？"

"……我不能说。"

"六日早上你在 K 站的新干线上行站台上。是吧？"

梶脸色大变。

"乘新干线去了哪儿？"

"我不能说……"

果然是乘坐了。

"县警现在都陷入了困境。"

"抱歉……"

"你出现在 K 站的事情已经上了今天的早报。"

"什么？"

“那我问你，六日早上，你当时想干什么？”

梶不断眨着眼睛，似乎没有弄清志木问题的真正意思。

让他开口倒也不难，虽然怀有这种念头，但志木还是焦虑起来。昨天梶就主动做出了虚假的供述，但志木一下就揭穿了他，并明确表示这种担心没必要。他无疑立刻就明白了那句话的意思。

能不能不加暗示就让他说出来呢?

这是志木最后的底线。可是，在审讯陷入僵局的现在，委婉地把意图传递给梶让其领会，这种手段似乎比暗示更卑劣。

不，不对。手段之类已经无所谓，只要能完成任务就行。

他可不想为了眼前这个毫无交情的男人，把自己多年努力换来的警察生涯白白地葬送掉。

志木坐了下来。

“警部，你是被死神附身了。”

这简直不像是自己发出的声音。

“即使在自杀未遂后，你也一直在考虑着死的事情。”

梶现出一脸抓住了救命稻草的表情。

山崎放下笔，看看志木。不要这样，他的心中响起这样一个声音。

志木继续说道：“十二月六日，你一直在县内彷徨着寻找死的地方。是吧？”

梶的嘴唇缓缓地动了：“是……是这样的。”

结束了，故事结束了。

夏日的光景在脑海里展开。

放农具的小棚子被拆得七零八落。父亲说，你是男人的话，就对你妈妈好点。破木板下面是书，残破不堪，沾满了泥巴。父亲用戴着劳动手套的手，抓起书扔进汽油点着的火里……

虫鸣声传来。

不对，是笔在纸上疾书的沙沙声……栗田正在做记录。

志木的身体在微微颤抖。他想站起来，却几欲跌倒。

心口难受。他真想扯开西装和衬衫，抓挠胸口。

“别记了……”

是自己的声音。

“别记了！”

志木冲到辅助官桌前，一把夺过栗田手头的格纸，撕了起来。两下、三下、四下、五下……梶的口供被撕得粉碎，四散在地板上。

栗田吓得缩成一团。山崎则闭着眼仰面对着天花板。

只有志木粗重的喘息声回响在审讯室内。

门开了，伊予警务部长哆嗦着满脸横肉冲了进来。他就在隔壁四号室，一直都在用单向镜观察这边的情形。

“你被解职了！撤销审讯官！滚！”

“这儿是我的房间！该滚的是你！”

志木不禁大声顶撞起来。

“你……你说什么？再说一遍！再说一遍有你好看！”

已经控制不住了。无法停止。

“再说一万遍我也——”

这时——

“志木！”开口的是梶，“不要这样，志木。”

他连滚带爬地跌下椅子，跪倒在地。

“求你了，别这样。我说真话。我交代真相。求你们别再这样了……”

所有目光都转向了梶。志木、伊予、山崎、栗田，还有刚刚进来的笹冈。

梶闭上了眼。一瞬间，一颗泪珠滚落下来，濡湿了地板。

“十二月六日，我的确是去了新干线站台，可是，并没有乘坐。我一整天都在县里彷徨着寻找死的地方。公园……商场……河边……我一直在走，寻找死的地方。”

志木猛地睁开眼睛。

“梶，你——”

“这是真的！”梶把额头顶在地板上，“是真的！相信我，志木。我求你了！求你了……”

接下来，梶缄口不言，三号审讯室陷入了寂静。

完全“招供”。

故事完结了，书被合上了。

12

朝阳刺目。

志木刚顺着楼外的阶梯来到警局大楼后面的停车场，土仓就从指挥车里跑了出来。专职司机感冒卧床，今天仍由他开车。

“镰田班长说有急事，要你联络他！”

志木边走边拨通镰田的手机，听筒里立刻传来震耳欲聋的声音。

“高野砸破了玻璃窗！大出血！”

“你说什么？”

志木被拉回了现实。指导官的意识和职责这才同时被塞进空空的大脑。

志木坐进后排。

“开车。熊野医院。”

“啊？可是……”

“这儿已经没我的事了。我被解除审讯官资格了。开车！”

车迅速地开动。

在这一瞬间，志木透过车窗看到了被警卫押着走在长廊上的梶。

“停车！”

志木下了车。

他远远地凝视着梶的侧脸。仿佛感觉到了什么，梶忽然把脸转了过来。

志木弯腰行礼。

梶深深点头以示回礼。

心情沉重。梶远去的背影不禁让人联想起放在传送带上的货物。

人生五十年……

谜团没有解开。

失败感。不，不只是这种感觉。复杂的情绪萦绕在志木心头。

再活一年，梶是这样说的。五十岁就死，设定了期限的生的选择……

直到目送着梶的身影消失在大楼里，志木才转过头来，感到自己也犹如货物一样被置于传向另一个方向的传送带上。

回到车里，志木后视镜中看到一双写满了问号的眼睛。

“警部帮我解了围。”

“啊？”

“他还是你从前了解的那个教官。”

“哦。”

指挥车快速驶出后门。

无线通讯里正嘈杂地通报着便利店抢劫案的紧急警报。

“紧急！万分紧急！W本部正在执勤的各巡查！通报一名蒙面劫匪！身高一米七到一米七五之间，身穿黑色夹克，年龄——”

志木扳下无线电的麦克风。

“一股不能动。二股和三股行动！”

自己与梶的距离又远了一步。志木一面想，一面继续发出指令。

佐濑铦男

1

十二月八日上午十点半。W 地方检察厅三楼，佐濑检察官办公室。

“检察官，是不是该叫他进来了？”

“不，再等等。”

佐濑铦男头也不抬地回答。

他正扫视着十多页订成一摞的格纸。不时地停下目光，记记笔记，拿起文件中附的照片看看，然后再次把目光移回格纸上。渐渐地，他的眼神锐利起来。

“可是，检察官——”

铃木事务官从 L 形组合办公桌的一边探出身子，皱着眉。

“人送来都快一小时了。可以了吧？”

“没关系。谁让他们晚了三个小时。”

W 中央警局押送来的嫌疑人早就等在了大楼内的临时拘押处。来头真是不小。梶聪一郎，四十九岁，虽然昨天已被免职，可犯罪时的职务却是警部，还身居W县警本部教养科副科长之职。犯罪嫌疑是委托杀人，掐死了哭着求他杀死自己的、罹患老年痴呆症的妻子。

佐濑正在琢磨着比嫌疑人先一步送达的笔录，这份笔录是同为县警一员的审讯官提审嫌疑人得来的。他越读越觉得心中的疑问在得到确认。

隐瞒了实情。W县警系统想把此案的真相隐瞒于世。

佐濑只觉得眼球隐隐刺痛。是愤怒的信号。愤怒最先表现在眼睛里。

梶聪一郎亲手杀死妻子是在四天前的晚上。十二月四日，正是七年前死于急性骨髓性白血病的独子的忌日。白天夫妇二人去扫了墓，可到了晚上启子却吵着说没有去寺里扫墓。老年痴呆症的魔爪已伸向了记忆的各个角落。启子处于半疯状态，想趁着没有忘记儿子时死掉，这样至少还能作为一个母亲死去。她不断地把梶的两手拽到脖子上求他杀死自己。梶不忍看着启子受罪，就掐死了她。

到这里还算说得过去。犯罪事实毋需置疑，笔录也很精准，非常具有说服力。

可问题是“案发后”。

梶在四日晚上就杀了启子，却直到三天后的七日早上，也就是昨天，才来中央警局自首。十二月五日和六日，这空白的两天让人充满了疑惑。根据手头的笔录，五日时梶处于恍惚状态，曾一度试图上吊自杀，六日则在县内彷徨着寻找死的地方。可是，佐濑并不相信。尤其是关于六日的供述，他早已看破这是县警捏造的“作文”。

各大报社昨日的晚报在详细刊登了案件内容后，都在结尾写道：

“由于杀害太太启子到自首前的两天行动不明，县警仍在严厉审讯嫌疑人。”

总之，县警说在晚报截稿前尚未得到对这空白的两天的供述。这一点实在可疑。这可是现任警部的杀妻案。不难想象，县警上层一定费了不少脑细胞来应对媒体。尽管如此，对预想中理所当然会被记者问及的两天里的行动，却没能给出答案。换种说法，就是审讯室里梶对犯罪行为做了详细的供述，可对案发后的两天却什么都没说。实在令人难以理解。彷徨着寻找死的地方。假如事实真的如此，那为什么在刚实施逮捕时没能从梶的口中得到有关这两天的只字片语呢？

这种无法合理解释的奇怪状况，到了梶被捕半日后的昨天傍晚依然没有丝毫改变。于是，读了晚报后才获知存在空白两天的佐濑就向中央警局询问审讯情况，接电话的是志木和正，本部搜查一科的重案指导官，县警刑事部雷打不动的王牌，连地方检察厅都对他礼让三分。光听口气就知道是他审的。关于梶六日的去向，志木只说“眼下正在审讯中”。当时晚报已经披露了“空白的两天”，而“彷徨着寻找死的地方”的供述还一点影儿都没有。

还有今天早上，《县民时报》在社会版头条报道了一则特讯，透露就在这令人瞩目的六日早晨，有人曾在 K 站的新干线上行站台上目击到梶的身影。这实在是一则令人惊愕的特大新闻。如果报道的内容属实，那就说明梶丢下启子的遗体后去了东京方向。

佐濑眼前浮现出县警上层惊慌失措的样子，同时也想到了梶可能顺应县警之意编造了假口供。看完时报的报道后，佐濑立刻拨通了中央警局的电话，命令对方火速把梶聪一郎送交到地检。他这么做完全是为了封堵县警的行动。可是，直到他发出指令后又过了近三小时，也就是上午九点半，梶才被押送到地检。其间，佐濑多次打电话催促中央警局，可每一次都是不同的人来接电话，不是说“正在吃饭”，就是说“在重新拍摄嫌疑人的照片”，以各种冠冕堂皇的理由来拖延时间。

正是在这段时间里，他断定梶不是做了假供就是被逼做了假供。在先行送达的笔录的末尾，已添上了从时报特讯硬搬过来的“坦白内容”：

> 六日上午六点左右，我开车离开家，去了K站。我一直在彷徨着寻找死的地方。在车站我买了北上的车票，虽然一度来到新干线站台，可还是不忍丢下启子离开故乡，因此没有乘坐新干线，而是上了街。商场、儿童公园、河滩，我漫无目的地彷徨。最终，我还是下不了死的决心，连自己到了哪儿又是怎么到的都记不清了，回过神来后还是回到了自己家。我想剩下的路只有自首了，便于次日早晨去了中央警局。

以为我是傻子！

佐濑愤怒地把笔尖戳进了笔录。

火辣辣的刺痛感从眼球转移到了眉间。佐濑现年四十三岁，自东京地方检察厅特搜部来此上任已有一年半。在W地检，他的职位仅次于检察长和副检察长，位居第三。县警居然敢抗命延迟交送嫌疑人，还送来伪造的口供，简直岂有此理！

看得出来，县警也在拼命组织防卫。笔录的署名不是志木，而是“辰巳丰”，本部搜查一科的广域搜查官。这个职位可不是等闲之辈能胜任的。有时会让刑事部的元老坐镇，更多时候则是由那些有升迁前景的管理部门或警务部门的精英来担任，目的是更好地掌握刑事部门的情况。辰巳应该属于后者，既管警务又管警备。佐濑记得辰巳曾半开玩笑地提及此事。

总之，县警内部上演了一出更换审讯官的戏，把刑事部最得力的志木换成了大部分时间在管理部门工作的辰巳。这一点无疑昭示了县警内部的混乱和危机感，但又可以看出县警上层为了组织防卫而把棍的假口供做实的强硬姿态。

“检察官。”

铃木神经质的声音在房间里回响。他现年三十二岁，工作态度认真，可神经却比他的声音还细。

“什么事？”

“那个……会不会跟县警闹翻呢？”

很明显，铃木很担心。

除了大城市的特搜部外，检察机关很少独立进行调查。多数案子都是由最具调查权的警察一手负责，检察系统对他们送交的嫌疑人一一提起诉讼并由法庭判决，这可以说是检察机关的常规职责。一旦跟警察闹翻了，案件的处理会不可避免地陷于停滞，更重要的是，连日常工作都会大受影响。地方上这种倾向会更严重。除非万不得已，谁也不想跟警察发生摩擦。既想维持作为上级调查机关的尊严，又要与警方保持一种愉快的合作关系，这是地方检察机关人员不折不扣的心声。

正因如此才更难容忍。W县警完全看透了地检的真实想法，竟明目张胆地做起了伪造笔录，欺人太甚。

怎么能忍气吞声地咽下这腐烂的饵食？

佐濑用手指使劲按压额头。火辣辣的刺痛感扩散到了整个头盖骨。

“传。”

检察官的魄力全在这一句话里。

无论对方是谁，无论背后有何种势力在操控，既然“传”了，就绝不允许失败。看着走出房间的铃木的背影，佐濑久违地感到全身热血沸腾。

2

数分钟后，梶聪一郎跟随铃木走进了办公室。手铐。腰绳。背后还跟着两名看守。

W 中央警局的看守佐濑全都认识。他凝视着右侧的男子。不到三十五岁，油光光的面颊让人联想起木偶。看着眼生。

“你，哪个单位的？姓名？”

在佐濑锐利如针的眼神注视下，木偶的脸上顿时现出了大活人的紧张。

“我叫栗田。是本部警务科的。”

“警务科的什么部门？拘留管理处？”

“不……是人事处。”

“那么请你离开。这儿不是你该待的地方。”

佐濑一开始就知道此人是来监视的。这种事以前就常有。负责审讯的刑警就坐在嫌疑人背后，眼睛放着逼人的光，施加着无形的压力，防止嫌疑人在检察官面前翻供。

这名自称栗田的男子说自己是警务科的人，梶的审讯官也被换成了在管理部门就职的辰巳丰。两点一重叠就更让人确信，这次捏造笔录的工作并不是刑事部做的，而是在警务部的主导下进行的。

“怎么回事？赶紧退场。”

“可是……”

应该是在上面的严令下前来的。

“这是规定，回去跟你们上司直说。昭和五十五年的法制审议会就明确了看守工作的分离原则。”

栗田极不情愿地退了出去。离开时还冲年轻的看守使了个眼色。后面就拜托了，一定是这个意思。

佐濑再次把视线投向梶聪一郎。

梶正襟危坐在折叠椅上。他身材匀称，肤色白净，面容温厚。一双深邃而清澈的眼睛让人印象深刻。

就在数日之前，他还是一名赫赫有名的县警高官，比佐濑还年长。可是，犯罪嫌疑人是不分贵贱的。

“开始审讯。”佐濑高声宣布。

“姓名？”

“梶聪一郎。”

“出生年月？”

“昭和二十七年三月二十三日。”

声音跟他给人的外在印象一样，非常平静。

梶据笔录记载，他出生于县北部的一个贫寒山村。从附近城镇的高中毕业后，当上了 W 县警的巡查。工龄三十一年，长期担任警察学校的教官，书法多次在县内展出，现年四十九岁。父母已故。有一个哥哥，三年前死于肺癌。独子于七年前病故。四天前杀死了妻子启子。

佐濑不禁重重地叹了口气。

“你现在还有什么家人吗？”

“妻子的姐姐住在市内。”

“就这一人吗？”

“是……”

“杀死老婆的事你承认吗？”

“是。”

“怎么杀的？”

“……用两手……掐脖子。”

尸体检验报告的死因栏里写着“被扼压颈部致窒息死亡”。跟笔录的内容和附加的照片一致。

“为什么杀她？”

梶的身体似乎蜷缩了起来。

“亲手杀了唯一的亲人，这样你不是连一个亲人都没有了吗？”

“不忍心……看到老婆病情恶化下去……”

恶化下去。胸口感到一阵沉闷。

可是，无论处于什么理由，眼前的男人终究夺走了一条人命。即使有悔改之意，该说的也还是要说。

“就算恶化也还是人啊。无论老年痴呆症还是瘫痪在床，也有很多家庭仍在细心照料这些患者。大家不都在尽心照料吗？”

“抱歉……我没想到这些……”

梶用沙哑的声音回答着，垂下眼睑。

佐濑一愣。

哭了？

他发现梶的眼睑略有些发红。不是现在才变成这样的。再仔细一看，眼睑不光发红，还有点肿。

也就是说，来这儿之前他哭了。是在哪儿呢？恐怕是在中央警局的审讯室。佐濑的脑海顿时清晰地浮现出梶被逼做假供的情形。彷徨着寻找死的地方。为了让所有人认可而强加于他的精心策划的假供。

疼痛从头顶消失了。

不，是新的疼痛从眼底升起，火辣辣地转移至眉间，不久又向整个头部扩张。

因为他清晰地看到了梶的背后值得一搏的对手。

看守看了看手表。

肯定是觉得快要结束了。移送检察厅后的审讯素来被称为“走过场”。检察官一面浏览着警察的笔录一面向嫌疑人补问几个问题，做成简单的检察官询问笔录，然后决定是否向法院提请检察拘留。真正的审讯则是在下一次，这是惯例。

只能今天提审。

佐濑心意已决。

一旦放过今天这个机会，下一次也不知何时才有机会。嫌疑人一般被拘留在警局的拘押处。即使传唤县警，他们也无疑会像今早这样，寻找各种理由来搪塞，强行扣押嫌疑人。这样，他们就有充足的时间把这空白两天的笔录修改得完美无缺，然后硬塞给佐濑，让他默默地吞下。

这样就等于认输了。无论县警如何践踏梶的情感，毕竟他曾是其中一员，肯定不会临阵倒戈，做出对组织不利的供述。

可是，如果是现在的话……

手头的笔录是匆忙赶制的，漏洞百出。无论梶聪一郎是否愿意，自己或许都能通过讯问得到一些戳穿县警捏造笔录的线索。

佐濑已经在大脑里拟好了讯问的顺序。

“请你陈述一下案发后的情况。”

在一旁做记录的铃木停了下来，偷偷观察看守的脸色。看守的变化很明显，脸红了起来，不断地咽唾沫。

等着瞧吧，早晚会露馅。

佐濑用目光恫吓着看守，然后把视线转回到梶身上。

“根据笔录，你在K站买了北向的车票。是吧？”

“是……”

“去哪里的票？”

“这……”

梶的眼神游移起来。

“……不记得了。”

“是不是北边有你追忆的地方？”

“不……也没……”

“你不会是要去南边吧，东京方向？”

“……”

“你站在K站的新干线上行站台上。目击者已经证实了。”

“不记得了……”

佐濑当即发动了进攻。

“是什么商场？”

“啊？”

“我说商场的名字。你去了商场吧？”

“啊，是……是站前的三丸商场。”

“去干什么？”

“上了楼顶。”

“有什么游乐设施？”

“什么？”

“我问你楼顶都有哪些游乐设施？”

“……不记得了。”

“儿童公园是在哪边？”

“好多个……各处的公园都去了，所以……”

“散步的河滩是哪儿？”

“霞川……”

“水量呢？”

“……好像不多，我记不清了……”

“天气呢？”

“应该是……晴天。”

有戏。确定做记录的铃木已跟上节奏后，佐濑切入了核心。

“你说彷徨到最后不知不觉回到家了，对吧？”

“是的。”

“那车呢？”

“车？”

“到K站是开车去的吧？那车呢？”

梶现出苦涩的表情，嘴唇微微颤抖。

“开着车……回到家的……”

“也就是说，彷徨到最后又返回了K站，对吧？”

“是……”

“你这不是挺冷静的吗？”

说着，佐濑微微抱起胳膊。

“无私的脸”，对面那张苍白的脸正是这种表情。佐濑在特搜部时就经常面对这样的脸。这比那些“戒备的脸”要难缠多了。这意味着即使舍弃自我也要坚决保护某些东西，誓死捍卫某些人……

忽然，佐濑感觉到一张女人的脸与梶的面孔重叠起来。

检察官先生，你到底是在为谁而活？

东京地检特搜部。佐濑检察官室。黑黑的长发，游移的目光，颤抖的声音……

佐濑驱走心中的幻影。

“早上的审讯是几点开始的？”

“……我没看时间。”

“早上谈的是六日的行为，对吧？”

“是……”

“昨天为什么没说？”

“……”

果然没说。

佐濑终于确信，关于六日的行为，即使对身为自己人的警察，梶也一直没有开口。

佐濑盯着对方的双眼。

“彷徨着寻找死的地方，这真的是你的话吗？”

“是的。”

“是有人逼你这么说的吧？”

“不是。”

“那你昨天为什么不说？”

这个问题才正中要害。

因为这跟“无私的脸”相矛盾。

为了保护组织，甘愿做出虚假供述。那么，他为什么昨天没有这么做呢？不，如果他真的不想伤害组织，那他在杀妻之后，就应该采取别的行动。如果不是自首，而是随后畏罪自杀，就不会让组织为难。应该也考虑到这点。五日在家里自杀未遂的供述无疑是真实的。

可是，他并没有死，而是选择了活，选择了自首。

你到底是在为谁而活着？

佐濑只觉得头有点晕。

不是组织，那又是为谁呢？

谁？

父母早已去世，独子病故，妻子也被自己亲手杀了。谁也没有了，只能为自己而活。

不，现在就下结论还为时过早。未必是家人或血亲，也许还有其他只他自己知道的“某人”的存在，这种可能性是无法否定的。

思索径直化为提问破口而出。

“你现在是为谁而活着？”

梶睁大了眼睛，接着又像封闭起一切感情似的，紧紧闭上了双眼。

佐濑感到一阵战栗。

有人。

只有梶自己知道的某人。

“检察官！”

伴随着一个尖锐的声音，看守站了起来。

“嫌疑人该吃午饭了！请允许我带他回拘押处！”

看守无疑是下定决心要拼死一搏，那全身战栗的身影俨然代表着 W 县警的两千三百人。

3

既然挑起了战斗，就必须尽早确定制胜策略。

“传唤 K 站的目击者和妻子的姐姐。还有，跟重案指导官志木预约一下。再确认当日的天气，找气象台查询一下本地和东京两地的天气情况。”

给铃木下了几道指示后，佐濑才离开房间上了楼。

四楼。副检察长室。

佐濑敲了敲门，推开门，沙发上桑岛副检察长和另一个肥胖男人的身影跃入眼帘。

佐濑一愣，停下脚步。

是W县警的伊予警务部长。

“哎呀，佐濑检察官，这次给您添麻烦了，实在是抱歉。拜托了。”

伊予坐着点了点头。表面殷勤内心却傲慢至极，这个人就是这样。

他来干什么？

捏造笔录的工作是由警务部主导的，而伊予是警务部的头儿，自然就是幕后人物了。

“啊，没关系，进来吧。”

桑岛跟平常一样，轻松地招呼着佐濑。

“怎么样？先不提请判决，是吧？”

“嗯，明天提请拘留。”

佐濑就是来汇报这个情况的。本打算在汇报过程中找机会报告一下县警的捏造嫌疑，希望获准向县警开刀。可是……

佐濑小心地在沙发上坐下，热辣辣的疼痛控制了后脑。伊予在正面的座席上浮出假笑。佐濑把那个姓什么栗田的警务科员轰出房间的事他肯定早就知道了。从时间上来看，他应该还没有收到看守的报告。倘若已听到佐濑的讯问内容，恐怕就不会这么镇定了。

不，他只是在故作镇定。正如检察官对警察有所顾虑一样，警察也想与检察官保持良好的关系。试想，自己拼上老命调查案件，终于将嫌疑人送交检察院了，倘若被检方拘留不起诉，警方就没了战绩。所以，只要不是太过分，警方是不会同检方撕破脸皮的。现在的伊予即是如此。他派来监视的栗田被轰了出去，心里对佐濑肯定极为不满。

桑岛一面把一颗糖放进嘴里一面说着什么。

“嗯？”

“没什么特别的问题吧，警部的案子？”

佐濑不敢相信自己的耳朵。身为副检察长，怎能让人当着嫌疑人方面的人提审讯内容呢？不，桑岛肯定是以为没问题。因为自己对供述的怀疑尚未传出自己的办公室。

佐濑并未回答，而是把低垂的视线转向伊予。

“那我就告辞了。”伊予识趣地站起来。

佐濑抬头看看他那肌肉松弛的脸，开口道：“伊予先生。”

“哦，什么事？”

“回头可能有点事需要问您。”

相互试探的视线交错在一起。

“还请手下留情。”

伊予大方地点点头，笑容却消失了。

确认伊予退出房间后，桑岛苦笑着说：“喂，你也别太欺负人了。人家也很为难的，而且，这种事说不定哪天也会落到我们头上。”

“他到底是来干什么的？”佐濑责问了一句。

桑岛若无其事地回答：“有事相求呗。”

这话绝不能置若罔闻。佐濑激愤起来。

“来求什么？”

桑岛抬手示意他不要这么激动，然后把口中的糖吐到纸巾上。

“对方说，能不能在第一次拘留期限内就把案子结了。”

热辣辣的刺痛感又传遍了头部。

明天向地方法院提请的司法拘留是十天，之后可能会再延长十天。佐濑自然想把这二十天时间全都用上。可是，伊予却抢先一步，专程过来要求在第一次拘留期的十天内结束对棍的调查，提起诉讼。

真是蛮不讲理。

“这事还轮不到警察插嘴。拘留请求权是检方的专有权。”

“话是没错……”

“理由，他有什么理由？”

“还不是因为是自己人。说要是被调查二十天也太可怜了。”

不对。县警盯上的是时间限制，想进一步减少佐濑提审的机会，把空白的两天给糊弄过去。

果不出所料，伊予来了个先下手为强。

整个县警都在有组织地进行着不法行为。话已到了嗓子眼，佐濑还是咽了下去，他决定先试探桑岛的想法：

“那您是怎么答复的？”

“啊，当然不能接受。我就答复说先讨论一下再说。可是——”桑岛看看墙上的日历，“今天已经是开战纪念日[①]，满打满算也没法拘留二十天了。我们和地方法院二十八日以后就不上班了。”

或许，他对伊予也是这么说的。

桑岛是亲警察派。不，在地方检察厅公安部[②]干过很长时间的桑岛打心底里还是有些警察情结。不用说，无论中央还是地方，公安部门中都是警察一方独大。人员、情报、预算，无论哪方面检方都赶不上人家一根脚指头。没有警察的合作，检察系统的公安部简直

---

①指 1941 年 12 月 8 日太平洋战争开战之日。

②日本检察厅的内部机构中设有公安部，依法对公检法系统内的渎职、违法等行为进行监管。

都没法生存，桑岛深知这一点，因此言行自然显得底气不足。

与这种人完全没法合作。

佐濑断了念头，把梶的虚假供述一事压到了心底。

正要起身——

“对了，我刚才那话——”桑岛皱着眉，“啊，就是‘这种事说不定哪天也会落到我们头上’那句。”

听他这么一说，佐濑一下想了起来。

“区检察厅那件？”

“对，就是那件。”

铃木事务官听说过区检察厅一名事务官涉嫌贪污的传闻。据传管辖着县西部S区检察厅的一名征收主任侵吞了交通违章罚金。他本人似乎仍不知道自己已被怀疑，但数日内应该就会进入特别监察程序，逮捕只是时间问题。

“事实上，我想让你赶紧把警部那边的案子打发了，把这一件交给你处理。”

“我……来办？”

“看来得花很长时间，好像侵吞的是那些很难被发现的临时缴纳的罚金。哪还有空顾得上县警。”

桑岛的话句句令人生疑。佐濑也不愿相信，可他还是不由得猜疑起来。难道伊予是来求他把自己从案件负责人的位置上支开？

“那案子就让别人来处理吧。”

佐濑断然拒绝，离开了副检察长室。

危机感降临。

县警早早下手了。再不抓紧就会错失良机。

佐濑回到三楼办公室，铃木刚好结束了跟气象台的通话。

“县内平原地区六日一整天都是阴天。K 市似乎还稀稀拉拉地落了几个雨点。”

“东京呢？”

“大晴天。”

铃木的声音中夹杂着兴奋和不安。

“辛苦了。”

佐濑离开房间，再次上了四楼。

梶聪一郎去了东京。这样就能说服老大了。

长长的走廊尽头是检察长办公室。佐濑深吸一口气，敲响了木纹很漂亮的双开门。

4

W 地检检察长岩国鼎正在房间左后边的办公桌前看书。原本就身材矮小的他，坐在宽大的办公桌前显得更加矮小。而办公室在他的衬托下显得比平时更加空旷。

“有件事我想跟您谈谈。”

佐濑在岩国对面的沙发上坐了下来。单刀直入地把梶聪一郎的供述涉嫌作假的事情告诉了他。

“跟副检察长说过了吗？”

这是岩国的第一句话。

“不，还没有报告。”

尽管岩国现出意外的神情，可眼睛里却放出兴奋的光。对于这位原东京地检的特搜部长而言，瞒着直属上司越级汇报的事只是小菜一碟。

“好。先说说你的推测。”

虽然不是什么政界的贪污案，但这种“特搜语”还是脱口而出。不，身为一名检察官，就得在各种案件中尝试“推测”。调查能力固然很重要，可无法推测整个案件关键所在的检察官是永远都进不了特搜部的。

佐濑迎着岩国的目光。

“伪造工作并不是刑事部做的，而是由警务部主导进行的。实际指挥人是警务部长伊予。刑事部借调的广域搜查官辰巳则是伪造口供的实际执行人。另外，我猜警务部在编的数名警视和警部也都参与了。当然，本部长加贺美应该也知情。”

“唔，可是县警为什么要大费周折地伪造口供呢？”

“我想，应该是因为梶聪一郎对六日的行为保持缄默。虽然县警对媒体宣布正在调查，可早上的《县民时报》却刊登了他曾在K站新干线站台逗留过的报道，这让他们陷入了窘境。虽然目的尚不明朗，可事实上，他似乎去过东京。身为一名现任警部，不但杀了妻子，还丢下妻子的遗体去了东京，这也实在太令人难堪了。所以，县警才逼着他假称自己在县内彷徨着寻找死的地方。”

岩国使劲点了点头。

“问题是他为什么会去东京。县警都有组织地为他隐瞒，看来他的不检点行为非同一般啊。”

“这一点还不清楚。目前还不知道县警是否已经掌握了梶聪一郎东京之行的目的。”

“拔出萝卜带出泥……你是说他们有可能在害怕这个？”

“嗯。不过，我想他们起码已掌握了足以怀疑梶有不检点行为的情报。梶六日的行为很可能会给县警带来比杀妻案更大的打击，他们正是因为害怕这一点才会加以隐瞒。”

“知道了。”岩国干脆地说了一句，身体向前探，“那么你打算怎么办？”

佐濑正了正姿势。他来这儿就是为了说这件事。

“我想得到强行搜查许可。”

“搜哪儿？”

“梶聪一郎的家。还有县警本部教养科。”

岩国低叹一声。

对县警本部进行搜查，这会使县警颜面扫地。这是最让警察害怕和忌惮的检察厅的王牌。

“这对他们来说是最大的耻辱。这样一来，双方就会交恶，两年……不，甚至三年，直到双方的人员全部更换一遍。”

“我认为还是应该查。”

“不过，你先等等。你想搜教养科什么地方？梶聪一郎的办公桌和橱柜之类的恐怕早就清理了。”

“发现什么是次要的，重要的是搜查行为本身。”

“你说什么？”

岩国变了脸色。

“要让他们看看检察官的刚正不阿。这样县警就不敢再隐瞒，我们就可以尽快查明案件的真相。”

“查明了又能怎样？杀人事实已无可争议。你查的那些不过都是案发后的事。”

“不弄清整起案件的真相还真不好说。说不定案件与案发后还有着相互呼应的密切关系。去东京后的行为也会影响量刑。”

该说的都说了。如果拿不下检察长，这场战役就不可能获胜。

“请您批准。查明案件真相是检察官的职责。”

“可是，以威胁为目的的强行搜查也不妥，只能算歪门邪道。”

佐濑用力把双手往桌子上一按，就差拍桌子了。

“难道县警的歪门邪道就眼睁睁看着不管？我们地检根本就没被县警看在眼里。明知是捏造的笔录却还要故作相信，我做不到！”

岩国一语不发。

佐濑直盯着他的眼睛。

检察部门实行的是检察官责任制，一切司法手续都是由检察官以个人名义承担责任并执行。很多人就是看中其个人权限之大才做检察官的，佐濑也是如此。可事实上，所有手续的执行都受制于“检察官一体原则”，不能违背上层的意思和决定。组织体制也极其陈旧。下级服从上级的严格程度甚至超过了警察组织。

一旦岩国摇头就完了。

佐濑屏息等待决断。

过了一会儿，岩国严厉却充满期待的目光投向了佐濑。

“好吧。”

佐濑不由得攥紧了拳头。

“不过，对本部的强行搜查得先等几天。先试试用别的方法敲打敲打县警。如果他们继续隐瞒，那就亮出王牌。”

“明白。”

佐濑兴奋地站起来，岩国又做了个等一下的手势。

“你是怎么想的？”

“您指什么？”

“梶聪一郎的东京之行。目的是什么？”

“这个嘛……”

飞速思考的大脑一角浮出一个女人的名字。

今井绫子。

红色记事本……大头贴……梶聪一郎那张“无私的脸”……

佐濑说：“我想，他会不会是去见孩子呢？”

“孩子？”

“嗯。”

“你是说……私生子？”岩国深深地吐了一口气，身体往沙发上重重一靠，“有线索吗？”

“没有。”

岩国抬眼说道：“那为什么会这么想？”

“梶聪一郎失去了所有的亲人。可他现在不是在为自己活着，而是为别人活着。我总有这种感觉。”

那种检察官的表情从岩国的脸上消失了。

“也好。这种推测也未尝不可。毕竟一味地严厉是做不了检察官的。”

佐濑猜不透岩国话里的意思。

岩国的声音依然很平静：“别着急。过了春天我会让你重返特搜部。”

5

晚上十一点，W 县平原地区下起了雨夹雪。

钢筋混凝土的公寓型宿舍里住的大部分都是单身赴任的人，没有家属的套房更显得阴冷。虽然与千鹤子的离婚事宜尚未办妥，佐濑也算是单身赴任。回到房间，他连大衣都没脱就对着威士忌的瓶嘴灌了起来。最近几天，他甚至让酒精和电暖风竞争，哪个能让身体先暖和起来他就先亲近哪个。

信箱里有一张新寄来的明信片。

是搬家通知。植村学——以前曾和佐濑在司法研修所一起待过。明信片上写着“回到了 W 县”。他应该一直在东京做律师，没想到老家居然在这边。当然，自己跟他只是一年互通一次贺年卡的寻常关系，不知道也很正常。植村学被司法考试折磨了好几年，因而年龄比佐濑大很多。研修时似乎也并没有正经交谈过，但印象中他是个正直的男人。无论调到何地工作，他总会寄来明信片通报一声。

佐濑拿着明信片倒在沙发上。太惨了。一个并不亲近的人寄来的明信片都让他很高兴，这实在是太惨了。

今天下午他又完全陷入了被动。

K 站的目击者是一个常出入县警本部兜售领带的商人。妻子说他一大早就去了警局做知情人情况说明。什么说明，其实就是胁迫和封口。现在就是传唤他恐怕也无法得到令人满意的供述了。

梶启子的姐姐岛村康子正忙得一团糟。佐濑一不留神还是忘记了，今天正是梶启子的葬礼。他在快结束时才赶过去，只设法约好了一件事，即明天对梶的住宅进行搜查时要她在场。

临走之时，佐濑在上香的队列中发现了重案指导官志木的身影，对方一直跟同事待在一起，佐濑没机会打招呼。铃木事务官试着与志木取得联系，最终也没成功。志木被取消了梶聪一郎案审讯资格后，已经返回了原本督办的连续强奸少女案的调查中。嫌疑人虽然喝了农药，但好歹保住了一条命。佐濑早已打听到了这些情报。

佐濑长长地叹了一口气。

就算见了志木又能怎样。跟他倒是很投缘，两人一起去小酒馆喝酒也不是两三次了。可是，志木终究是县警的一员，就算对取消审讯官资格的事无法接受，恐怕也不会做出背叛组织的事。

酒瓶几乎见底了。今晚似乎是酒精占了上风。

“别着急。过了春天我会让你重返特搜部。”

岩国检察长的话重重地压在心里。

他一定认为，自己是因为想回特搜部才盯上了这件大事，把县警捏造口供一事不必要地一味夸大。

他并没有猜错，但只对了一半。佐濑房间里到处散落着政府公报和县内经济杂志，连个下脚的地方都没有。他正在追查市政工程的中标情况和条例动态，目标是县知事。要在地方上干就只能这么做。

那么，剩下的一半呢？

他玩命似的奋斗到今天。读大学期间就通过了司法考试，二十四岁便走上仕途。在东京地检工作了一年，试用结束后到前桥地检赴任，四年后又升任A厅，实现了重返大地检——东京地检的理想。四年便重返东京地检，四十八名同期生中只有五人如愿以偿。自那以来，他一直在做搜查检察官，常年待在刑事部。两次被特搜部提名，意气风发地杀入政界，欲一扫腐败，改变日本。

可是……

检察官先生，你到底是在为谁而活着？

两年前，一起最常见的逃税案件。当时已经查到制药公司将逃税款交给了厚生大臣身边的人。由于交付钱款的专务躲进了医院的特护病房，一直跟专务共事的秘书今井绫子成了案件的突破口。

今井绫子现年二十八岁，单身，当过应召女郎，也做过专务的情人。

连日传唤攻坚，绫子一直顽固地矢口否认，不予回答，甚至还发起了反击，反复要求把住宅搜查时带走的私人记事本还给她。

特搜部对住宅的搜查很彻底。别说账本了，一般文件、私人信件、银行存折、台历、记事本，甚至连废弃的纸条都统统没收了。尤其是台历或记事本，为避免嫌疑人事后涂写制造不在场证据，一本不落地全都带走，这是搜查的常识。

到资料科一查，没收物品目录中的确有绫子所说的那本红色封皮的记事本。打开一看，里面几乎什么都没写，似乎真的只是私用的东西，事实上，搜查价值也为零。

记事本并未还给她，而是被当成了交易的筹码。如果招供就立刻还给她。佐濑这么说的时候，绫子说出了那句话。

你为谁而活着？

佐濑把这句追问理解成绫子誓将专务庇护到底的决心。因为绫子的脸始终是一张“无私的脸”。

三日后，绫子在自家公寓的浴室里割腕自杀。

绫子之死与当日报纸登载的一起孩童死亡事故联系起来，已是半个多月之后的事了。

在一个乡下小镇的儿童福利院里，由于一个细微的疏忽，一名七岁女孩被困在了倒车的送餐卡车和福利院的墙壁之间，最后挤压致死。那是一名不知父母是谁的小女孩。可是，园长却说每个月总有一两次看到有个打扮入时的女人陪在放学回来的女孩身旁。有一次，女孩视为珍宝的大头贴照片少了一张。园长询问起来，女孩面露难色，说是给了一位和蔼的阿姨。

佐濑又一页页地仔细翻看红色记事本，里面果然贴着女孩那羞怯的笑脸。这一页上的日期是四月十五日。也许是女孩自己都不知道的生日。

绫子既不是为专务也不是为公司，而是为女儿活着。

不堪地检的审讯而自杀身亡。媒体是这样写的，这也是事实。绫子是被逼到了穷途末路，而逼迫者正是佐濑。

对于案件相关者的死亡，特搜部无话可说。“免疫”还是“免责”，哪种说法都不合适，只有默默地去追查下一个案件。打着为公的旗号虚张声势、自欺欺人，而且不丢掉那仅存的一点正义感，才称得上是特搜部的一员。

电暖风的热气终于追上了酒精的温暖。

佐濑在狭窄的沙发里翻了个身。在这间两居室的宿舍里，佐濑可以使用的面积少得可怜。

为自己而活。这理所当然的理由却压得他喘不过气来。

千鹤子那阴郁的表情在酒劲上来的大脑里时隐时现。她最终还是没跟过来。大概与她缘分已尽，他想。

既不是因为酒也不是因为粗话，而是受不了你的眼神，千鹤子这样说道。明明就在眼前，却对我熟视无睹，我讨厌你这种眼神……

儿子稔总是站在正义的一方，从小就与弱者为伍。他早早看清了敌人是谁，并一直想用逐渐强壮的身体来守护母亲。早晚有一天，他会发现父亲是一个脆弱的人，这一天会到来的……

门铃响了。恐怕是记者。明知夜访检察官住处是被禁止的，可还是有些记者不管不顾地前来。佐濑不想出去。不，他已经出不去了。

他被睡魔拖走了。

不明白。

自己究竟在为谁而活着？还有，梶聪一郎呢……

6

清晨时分，雨彻底停了。佐濑在小心地靠近。梶的住宅附近一片静谧，没有警察的身影，禁止入内的警戒线早已拆除。

佐濑看了看设在围墙外的信箱，空空如也。抬起头，眼前是一栋毫不起眼的普通二层楼房。看看手表，已是上午十点。

来这儿之前，佐濑已讯问过 K 站的目击者田沼满男，但还是晚了。对方开口的第一句话就打起退堂鼓："也许是看错人了。"尽管佐濑也严厉逼问了他，可若论严厉程度，县警那边的封口令恐怕比自己的要厉害不止几个档次吧。时报报道上所说的"在新干线上行的站台上”也被修改成“一名貌似梶聪一郎的男子在小卖部附近，身体稍稍朝向上行站台方向”。并未看到乘车时的情形，这一点似乎是真的。唯独说这一句的时候，田沼的视线没有从佐濑的脸上游移开去。

算了。去东京之事是确凿无疑了。

佐濑再一次看向手表。

晚了。刚念叨了没几秒，那辆熟悉的藏青色轿车就从前面稍远处的十字路口拐了过来。握着方向盘的铃木冲这边点了点头。后座上有个人影。

或许办完葬礼后精神有些恍惚，岛村康子的表情和反应都比昨天呆滞。她现年五十六岁，头发已经明显花白了。

“劳你跑一趟实在是抱歉。”

佐濑例行公事地说了一句，简单出示了一下搜查令。

铃木紧张地窥视四周。背着县警私自搜查，对他而言无疑是头一次。佐濑把紧张的铃木叫过去，给他下了一道指令。铃木点点头，边摸索手机边钻进车里。

佐濑戴上白手套，用从康子那儿借来的钥匙打开大门，踏入梶的家。他依次查看各个房间。地检并没有鉴定科。他要找的是写着字的东西。佐濑和随后进来的铃木一起翻查抽屉和壁橱，并没有发现有用的东西。书房矮桌上摆着的一幅字是他看到的第一样写着字的东西。

“人生五十年。”

铃木有些纳闷。

“这是什么？”

“幸若舞的《敦盛》。”

佐濑拿起字幅答道。

“人生五十年，如梦亦如幻。有生斯有死，壮士何所憾。”

默读一遍，竟有一种上学背诵时未曾有过的感慨。也许是上了年纪吧。感慨人生之无常，对于当年那个年轻气盛的佐濑而言，似乎是故作老成的一种憧憬。

这是什么时候写的呢？

人生五十年。现年四十九岁。尽管两者的近似性令人惦记，但他要找的东西却不止这些。

记事本、通讯录、交换的名片、书信……佐濑和铃木把这个家几乎翻了个遍，这些别人家最常见的东西，在这儿却一样都没发现。

“被摆了一道。”

“您是说……被县警？”

“除了县警还能有谁？”

“可是，没收清单上什么也没记啊。”

“不要完全相信别人。”

看来县警正在对没收的记事本之类进行秘密调查，以查清梶东京之行的目的。

佐濑越发焦虑起来。

时间拖得越久就越不利。本打算稍后就返回地检对岛村康子进行询问，在此期间，县警恐怕又筑起了两三层防御墙。

只能趁现在开进大本营进行强攻了，佐濑想。

虽然在这儿没搜索到能够撼动县警的材料，但搜查本身足以构成对县警的威胁。

“询问延后。”

佐濑对铃木耳语后想起有一点最好还是先在这里问问，于是把脸转向康子。

“你已经办理了把邮件转寄到你家的手续，是吧？”

佐濑刚才就指示铃木跟邮局进行了确认。

“嗯。”

“是梶委托你这么做的吗？”

“是的。他在自首前给我打了电话。”

“你很了解梶嘛。”

对康子来说，梶就是杀害妹妹的凶手。

康子眨了眨眼睛。

“我并不恨他……启子的确很可怜，可是，如果就那样活下去，她一定会更可怜……”

“我很理解你的心情。”等康子用手绢擦完眼泪后，佐濑又提出下一个问题，“你在等谁的信？”

康子脸色大变。

“告诉了你一个名字，并希望你收到那人来信后能告诉他一声，是不是？”

佐濑的猜测似乎并没有太大的偏差。他什么都没说，康子回答道，可她的声音却在颤抖，小得几乎听不到。

以后再慢慢问。

佐濑朝康子行了一礼，跟铃木一起走了出去。

进去搜查前并没见过的一辆黑色轿车这时停在了房子前面，车体后部有几根天线……后座车窗缓缓摇落下来。

“有没有什么发现？”

是县警搜查一科重案指导官志木和正。

铃木发出“啊”的一声，一副欲逃无路的尴尬表情。

“你在……监视？”佐濑低声问了一句。

志木冷笑一声：“路过。”

佐濑也回以冷笑。尽管已经被调离，可梶的案子始终在大脑中挥之不去。佐濑了解的志木就是这种人。

“被刑事部踹了？”

“随你怎么说。”

志木似乎无意下车，只是从昏暗的车内盯着这边，继续说道：“你昨天不是还在到处找我吗？”

“我有事想问你。”

“不要太天真。我可是县警的人。”

“你是说，我们狗咬狗？”

“这个嘛——先不说这个，你昨晚睡得挺早啊。”

听他这么一说，佐濑忽然想起来了。昨晚门铃的确响过，他当时还以为是记者，原来是志木。

佐濑探寻着志木的眼睛。他来干什么？

志木眼神率直，说道：“书房的那幅字看到了吧？”

“啊，看到了。”

“把事情闹大倒也无妨，但别忘了案件本身。”

佐濑只觉得心思被看透了。现在心里想的全是检察官的意气和面子。

“当然。就是为了这个才闹大的。”

“那好。让梶聪一郎多活几年。”

“啊？什么意思？”

“他想在五十岁之后就结束生命。”

什么？

人生五十年。这么说，那幅字是遗书？

“为什么？为什么五十岁就死？”

“不知道。所以才拜托你，我已经查不了这个案子了。”

佐濑明白了志木的意思。他昨夜就是来说此事的。书房的那幅字没有没收，也是刻意留下来给佐濑看的。

佐濑也吐露了真实想法：“梶是在为某个人而活着。我在调查中感到了这一点。他不可能死。”

“那我们的想法可不一样……”志木念叨了一句，命令司机开车。

佐濑带着复杂的情绪目送着汽车离去。

他难道是把接力棒交给我了？

梶心里隐藏着死的决心。若真是这样，为揭开捏造笔录嫌疑而进行的搜查就不仅事关检察官的面子，恐怕还关系到一条性命的去向。

佐濑钻进车里。

“去县警本部。”

铃木并未回应，稍事停顿后才发动了汽车。

进攻大本营——

佐濑的心底滚动着一股热浪，同时还有某种安静的东西，一起和谐共处着。

7

待在自己地盘上的人就是从容。

正因为县警本部是统辖全县的“大脑”机构，“衙门架子”比地检都要大。伊予警务部长傲慢地把佐濑迎进房间。大概已经从看守的报告中获知了佐濑的来意，他浮肿的脸上明显透着一种厌恶感。

第一炮是佐濑先打响的。

“我事先声明，梶聪一郎的拘留时间十天是不够的。”

“哦？为什么？”

“因为案情复杂。”

“不至于吧。不就是个单纯的委托杀人案吗？”

“有人把复杂的案子简单化了。就是这么回事。”

伊予盯着佐濑。

绝不能让他先出手。

“我对县警有几条要求。”

“什么？”

“第一，请给我看一下W中央警局的拘押处人员出入簿。”

这个登记薄记录了嫌疑人离开和返回拘押处的时间。

伊予露出意外的神情。

“哦，怎么又想起这个来？”

“因为怀疑你们不让他吃早饭就开始审讯。”

“口气怎么像律师一样。”嘲笑一句后，伊予装起了糊涂，“这个嘛，出入簿啊……至于能不能给你看，我得先问问刑事部。”

“开什么玩笑！拘押处应当归警务部管辖。立刻让中央警局送过来！”

“岂有此理。毕竟还要顾及刑事部，你明不明白？虽然属于同一个组织，可思考方式却有一百八十度的不同。”

听口气，俨然是刑事部在做隐瞒工作似的。没有进展。在被拖住的这段时间里，恐怕连记在出入簿上的时间都有可能被篡改了。

只能强攻了。

佐濑夸张地抱起胳膊，盯着眼前这张“戒备的脸”。

“刚才，我已经对梶聪一郎的住宅进行了搜查。”

伊予瞪大了眼睛。

“没跟我们商量就……”

“没必要商量吧。检察官原本就有搜查权。”

“可是，这样会对我们彼此的信赖关系——”

佐濑打断了他，继续穷追猛打。

“还有一处，我们也准备搜查。”

伊予呆住了。咽唾沫的声音在房间里回响。

“那……是哪儿？”

四目相对。最先移开视线的是伊予。

“好吧。”伊予半天才冒出一句，把手伸向办公桌上的电话，指示中央警局把出入簿送到地检的佐濑检察官室。

佐濑步步紧逼。

“在梶的住所没收的记事本和通讯录也要交出来。”

“记事本？警察手册？”

“应该有私人的。”

“没听说有私人记事本啊。”

“那通讯录和名片呢？梶的住处连封书信都没有，您不觉得很奇怪吗？”

“他连老婆都杀了，也许就是个脑子奇怪的人吧。”

这家伙！

根本就不拿部下当回事。不，即使对县警的事情也并非真心维护。从警视厅派来镀金的伊予，关心的只是在回到警视厅之前无大过而已。

志木的声音忽然在耳边响起。

让梶聪一郎多活几年。

佐濑勉强伏在桌子上，探出身子。

“请把所有没收的东西都交出来。我们有义务查明整个案件的真相。”

“没有的东西怎么给你？”

面对突然认真起来的伊予，佐濑的语气粗暴起来：“既然这样，那我们只好对教养科进行搜查了。”

可怕的眼神碰撞到一起。

“你是在威胁我？”

“并无此意。”

“那为什么要找碴？是不是与警察有个人恩怨？”

“找碴的是你们！捏造笔录硬塞给我们，欺人太甚！”

就在这时，门开了一条缝，一个男人伸进头来，正把食指竖在嘴唇上。是长了张木偶脸的栗田。

栗田脸色铁青，声音压得很低。

"记者……这边有记者。"

门对面就是警务科大厅。

寂静持续了数秒。

从栗田的表情可知记者已经离去。

伊予叫过栗田。"哪家报社？"

"东洋。"

"遭追问了？"

"不清楚。记者正在科长的桌前闲谈，突然听见部长室里传出了怒骂声……"

伊予瞪了佐濑一眼。

"请回吧！"

"……"

"你都看见了吧？这边现在——"

伊予打住话头，对栗田说了声去本部长室后站了起来。

"那我下次再来。"

佐濑也从座位上站起来。收获还是有的，强攻的效果不错。

下次一决胜负。

佐濑昂首挺胸，冲破敌阵一般穿过了警务科大厅。

8

一回到地检，佐濑就被副检察长桑岛叫了过去。原来还没等佐濑回来，伊予的电话就到了。

“浑蛋！把我的脸都丢尽了！”桑岛劈头盖脸就是一顿呵斥，“别给我在地方上刮什么特搜风！为了你一个人出风头，给其他人带来多大麻烦！”

佐濑并不畏缩。“我看不惯县警的嚣张。”

“嚣张的是你！”

这是检察长批准的。话到嗓子眼又咽了下去，现在说出来只会火上浇油。

“你不是说笔录是有组织地伪造的吗？证据在哪儿？有的话拿给我看看！”

“我会的！”

佐濑不禁顶撞起来。反正都已经把桑岛激怒到这种地步了，如果得不到他的认可，今后肯定还会无数次被他阻挠。

等着瞧。

佐濑冲下楼梯，看了眼手表。拘留人员出入簿应该已从 W 中央警局送过来了。

一进办公室，桌上一个黑色封皮的合订本就跳入眼帘。

太好了！

佐濑急不可耐地翻开。有。十二月八日，梶聪一郎……

“早上 7：32。”佐濑简直不敢相信自己的眼睛。离开拘押处的时间是早饭后的七点三十二分。佐濑目不转睛，并没有被篡改过的痕迹。

不会吧。

一刹那，热辣辣的痛感传遍了全身。

原来他们早就留了一手，从一开始就做了虚假的时间记录。自己真是太大意了！

佐濑双手抓起本子，狠狠地甩在桌上。

一定给你点颜色瞧瞧！

“铃木！去地方法院取对县警本部大楼的搜查令！”

没有回应。

佐濑抬起头，铃木正低着头坐在自己的办公桌前。

“怎么回事？快去！”

可铃木却在咕哝着什么。

“你说什么？”

“我说讨厌……”

佐濑一时没反应过来。

讨厌？

铃木仍低着头，说：“上面不是也反对吗？检察官的做法太蛮干了。这次的案子根本没必要跟警察都闹翻。”

“你懂什么！”

“我还想问你懂什么呢！”

铃木嚷了起来，望向佐濑的眼神中闪着可怕的光：“别拉我一起陪葬。你们当然无所谓，你们是拥有司法资格的精英。可以为了什么自尊、面子随心所欲……等到失败了或是厌倦了，还可以潇洒地辞职走人，然后加入那些曾经不屑一顾的律师团伙，照样当人上人，大把地赚钱……我们却不同，当废品卖都没人要。哪像你们那样活得有保障！”

佐濑哑口无言，一时间如在梦里。

“这不仅仅是内部的事，警察一通电话就把全日本都连到了一起。今后无论我到哪里赴任，都会被人指着脊梁骨，说我是对警察进行强制搜查的事务官。即使有工作可干，也会相当难堪。这些你能明白吗？不明白吧？我也参加过司法考试，考了一次又一次——”

“够了……”佐濑仰天长叹，“搜查令我自己去取。还有，从今天起你跟藤原书记官换班吧。藤原也许会答应，毕竟他明年就退休了。”

铃木眼神里的强硬渐渐褪去。

“我也不是只为了自尊和脸面才这么做。”接下来的话佐濑没说出口。儿子总是站在正义的一方，因为他继承了我的血脉。他一直希望是这样。

“我去一趟地方法院。”

刚转过身，办公桌上的电话响了起来。

他有一种预感。按眼下的情况，好消息传来的可能性很低。

是岩国检察长。佐濑精神一振。

“检察长，我正要出牌呢。”

“暂时撤销。”

佐濑的表情顿时扭曲起来。

“什……什么！”

岩国的声音很慌乱。

“区检的主任被警察拘押了。”

区检察厅的主任……就是涉嫌贪污的那个征收主任？！

“在自行车竞技场调包行窃，像是欠了不少钱。好像还不是为了侵吞罚款的问题。我正要就这件事跟县警本部长会面。搜查就先停止。明白了吗？”

对方挂上了电话，佐濑仍攥着话筒，久久没有从耳边拿开。

并非是因为侵吞罚款才被捕的。可是，一旦被警察长时间追查，万一连侵吞罚款的事都招认了的话……

发生在地检内部的案子被县警检举出来。绝不能发生这样的屈辱。

“我正要就这件事跟县警本部长会面。”

交易。

这两个字顿时冲进大脑。

佐濑脚步踉跄起来。

浑蛋……

他两手撑在桌上，耷拉着头。只觉得自尊和脸面纷纷跌落。

梶聪一郎的脸浮现在眼前。

清澈的眼神平静地注视着自己。

佐濑低着头没有动弹。热辣辣的痛感搅得五内俱焚。

中尾洋平

1

“震源地”是警务部长室。

中尾洋平并没有认真去听，激烈争论的怒喝就在耳边炸开，连相邻的警务科大厅都被震得嗡嗡直响。

出于记者的本能，他不假思索地在大脑中飞快记录起刚才听到的吵架内容。

捏造口供?

过了几秒钟才感觉到了震惊。

科内冻结的空气显示出事件的重大。一旁的久本科长胆战心惊，吓呆了。有记者。跑到部长室报信的科长助理栗田把头伸进部长室后就极不自然地呆住了。调查官笹冈则从稍远处的办公桌前向中尾投来探询的目光。听到了？不，那两只混浊的眼睛里分明闪着邪恶的光。是在暗示他忘掉刚才听到的话吗?

“我改天再来。”中尾站起来，把刚才所坐的椅子折叠起来竖到墙根，然后冲久本轻轻点头，朝门口走去。

刚过下午两点。他也不是大白天地就来采访案子，只是想趁这段空闲时间来打探一下县警机构改革的蓝图，就顺便来二楼的警务科转了转，没想到居然捡了一条大鱼。

中尾经过走廊，下了楼梯，走进一楼的记者室。他若无其事地穿过其他报社记者拥挤的工作间，推开《东洋新闻》工作间的门。与此同时，他的右手早已握住圆珠笔，左手从裤子后兜里抽出记事本。

他急忙把脑中的记录写到纸上。

“是不是与警察有个人恩怨？”是伊予警务部长的声音。

接着，对方就怒吼着回击道：“找碴的是你们！捏造笔录硬塞给我们，欺人太甚！”

那声音是谁的呢？

声音主人的面孔和名字浮现出来。

中尾把记事本塞进衣兜，出了工作间。他装作疲惫的样子一面扭着脖子一面走过过厅，一走出记者室立刻在走廊上跑了起来。他从后门出了大楼，冲进寒风中，然后钻进自己停在媒体人员专用停车场的车里，透过左侧的车窗注视着后门。

等了还不到三分钟。

一个身穿双排扣系腰带短大衣的高个男人就带着可怕的表情从后门出来了，气质分明跟警察不一样。三七分向后梳的发式，一张棱角分明的浅黑色面孔，这张脸与中尾预想中的重叠了起来——W地检三号人物，检察官佐濑男。

中尾震惊之余不由得暗叹自己的幸运。

事情非同寻常。东京地检特搜部出身的刚直检察官刚才恫吓了

W 县警的二号人物伊予警务部长。

很明显，二人的冲突源于眼下撼动了整个县警系统的“现任警部杀妻案”。伊予在此案中是负责应对媒体的中心人物，另一方的佐濑则是案子的责任检察官。

“伪造的笔录”——所指内容也不难想象。

县警教养科二号人物梶聪一郎警部在十二月四日晚上掐死了罹患老年痴呆症的妻子，七日早上去自首，五日、六日行踪不明。在这空白的两天里，他都想了些什么，又做了什么？报刊电视等各路媒体对此一片哗然。

县警却在逃避。本部长加贺美每次会见记者时都在重复“现在正在追查”。他那为难的样子让中尾不禁产生了怀疑，梶聪一郎一定是拒绝供述五日和六日的行为。而就在这时，本地的权威报纸《县民时报》在昨日的早报上刊登了一则重磅新闻：“六日早晨，有人曾在 K 站的新干线上行站台目击到梶聪一郎的身影。”如果报道属实，也就是说他把妻子的遗体丢在了家里，去了东京方向。他究竟是去了哪儿？又去干了什么？

然而，《县民时报》刊发这条新闻后仅过了三小时，沸腾的媒体便被泼了冷水。因为县警紧急召开了记者招待会，加贺美首先通报了已将梶移送 W 地检，关于空白的两天，他的供述是“在县内彷徨着寻找死的地方”。他六日早晨的确去了 K 站，当时只想找个远点的地方寻死。可是，又不忍丢下妻子，结果最终并没有乘坐新干线，而是漫无目的地走在大街上，等回过神来时才发现自己已返回家里。加贺美不时流露出安心的微笑，读完全稿。

尽管梶有些纳闷，记者们还是把会见内容写成报道发到了晚报上。在县内彷徨着寻找死的地方。尽管梶的供述有多处令人起疑，但在加贺美言之凿凿地声称事实便是如此后，他们也就没再继续怀疑，认可了这个供述。记者们哪个不认识梶聪一郎？哪个没跟他说过话？平静沉稳、深思熟虑，比起警官，倒更像个文人。这是记者们对梶的一致评价。他丢下妻子的遗体去了东京，这种情节一开始就让他们难以接受。

也不全是因为县警的漂亮话。事实上，记者们盲信县警的说法还有另外一个原因。时报的特讯是爆炸性的，没抢到这条新闻的其他报社记者们自然慌了神，上层震怒。从结果上看，县警发布的内容让时报的特讯成了“空炮”。虽然梶承认了去K站的事实，可作为报道核心部分的“看来是去了东京方向”的推论却被完全击碎了。除时报外，其他报社的记者们全都兴奋地写了报道。中尾也是如此，将“时报说”斩落马下时心里别提有多痛快了。可是……

“捏造笔录硬塞给我们”。

这十有八九，不，无疑指的是那“空白的两天”。佐濑认定警察所做的笔录涉嫌作假。虽说从组织结构上来看检察机关属于上一级单位，可冲进县警本部呵斥通过国考任职的部长，这实在罕见。

难道梶真的去了东京？难道县警查到了梶东京之行的原因，而这正是会遭受社会指责的内容，于是县警就做了假的笔录送到地检。是不是可以这样解读呢？

中尾思来想去，忽然，脑海中浮现出梶聪一郎的脸。那张曾多次在教养科的办公桌前看到的面带平和笑容的脸。

心口开始隐隐作痛。

看来又要旧事重提了。虽然梶的东京之行已被警察在新闻发布会上否认了，然而，若是自己抓住了比时报报道更有力的新情报，那事情就另当别论了。梶的东京之行将会在日发行八百万份的《东洋新闻》上再次浮出水面。去东京寻找死的地方一说站不住脚。这一次，梶将会作为一个遗弃妻子遗体的无情警官而深深刻进国民的记忆里。

如果是事实，那也没办法。可是，他究竟为什么要去东京呢……

不断展开的思考被内心的兴奋吞没。

县警与地检的对立——

中尾已经抓到一条远超梶的东京之行的大新闻。县警为了保护组织而制造了假笔录，将其识破的地检则正面向县警发起了挑战。真是一场难得的好戏。两个调查机关正在水下进行着火星四溅的暗战，这无疑会成为让其他报社记者全都哑然的最大“独家新闻”。

先简要地把重点告诉头儿。

中尾从怀里取出手机。

他按下分社的快捷键，可电话刚响一声他就慌忙挂断了。因为他想起分社总编片桐出差了，晚上才回来。

现在待在分社的是婆婆妈妈的副总编设乐。他神经质得简直有些病态，到处瞎指挥，所以大家都这么揶揄他。

中尾郁闷起来。

一个月前，那天也是片桐出差不在社里，中尾听到的设乐那句带刺的台词，至今仍在心里挥之不去。

“反正，YOHE[①] 怎么干都是 YOHE。”

这话并不是中尾偷听来的，而是他去分社的时候无意间在走廊

①日语中，“洋平”一词的发音与“雇佣兵”相同，都是 YOHE。

里听到的。起初，中尾还以为他说的是自己的名字“洋平”。后来听分社的接线员栗林绘美说起来才知道，原来设乐说的竟是“雇佣兵”，专指那些非科班出身的记者。

中尾钻出汽车，走进县警本部大楼。

记者室里《东洋新闻》的隔间小得令人生厌。数量庞大的剪报簿和资料堆积如山，山边和小岛正在电脑前写着一些琐碎的案件和事故的报道。两人都是今年春天刚入职的新记者。用设乐的话来说，即通过了总社应届毕业生录用考试的“正规军”。

戴着眼镜的山边抬起头。

“头儿，刚才伊予警务部长来过电话。”

“哦，他说了什么？”

“倒是没说具体事情，只希望您去部长室一趟。”

“知道了。”

这么快就来了？

他知道伊予的用意，肯定是试探一下自己是否听到了刚才的争吵。真是雪中送炭，他正想反过来刺探一下对方的内情。

这时，眼前的电话响了起来。

原以为会听到伊予那故作谄媚的声音，没想到钻进耳朵的竟是设乐那熟悉的大嗓门。

“喂，怎么样？今天有没有鲜货？”

中尾瞬间便打定主意，回答道：“没有，眼下还没有值得一提的新闻。”

2

W 县警本部大楼的楼梯昏暗得令人生畏，还有一股霉味。

中尾穿过二楼，径直爬上五楼。在跟伊予见面前，他想先见一见岩村刑事部长。

要去部长室必须通过搜查一科的大厅。中尾有点不好意思。因为就在两周前，他抢先披露了一科正在秘密侦查中的连续强奸少女案件，自那以来，他跟科内的每个人关系都很紧张。

大厅里，小此木科长和东山副科长都板着脸。你居然还有脸来！两人看向中尾的目光像针尖一样锐利。

“部长在吗？”

“谁知道。”

小此木不屑地说，中尾并不在意，径直敲起了部长室的门。“喂！”东山焦虑地喊了一声，此时，里面传来“请进”的声音。

中尾把小比木的咂舌声抛在身后，走进部长室。

岩村正在办公桌前阅览文件。发现进来的是中尾后，瞬间露出惊讶的神情，但他立刻调整了表情，从座位上站起来，把中尾让到沙发上。

“今天又有何事？”

话语中并没有火药味。

“那个强奸少女的恶魔怎么样了？”

中尾一开始就搬出了最难启齿的话题。

“我要是告诉了你，下边的人还不都骂我？”

岩村用平静的口气拒绝回答。

岩村的年龄几乎是中尾的两倍，在各种案件的修罗场摸爬滚打的时间加起来都比中尾活的时间长。虽然他不轻易表露感情，但可以看得出，他还在对秘密侦查的案件被抢先披露一事耿耿于怀。

其实，那条特讯也可以说是一个偶然的产物。

中尾很久以前就听说市郊的派出所有位有名的巡查长，在这个电脑普及的时代，仍坚持每月两次把用誉写板手工制作的“派出所快讯”发给当地居民。中尾想，这种消息用作周日增补版面正好。于是就带着轻松的心情，在做完别的采访回去的路上顺便去了一趟那个派出所。面对记者的来访，巡查长甚是感动，当即便兴冲冲地把刚刚印刷好的“派出所快讯”拿了出来。

线索就刊登在上面。“小心色狼！色狼会打开锁进入你家！”一个临近退休的派出所警察保守秘密的意识原本就很淡薄。被中尾一问，他就把接连发生两起小学女生遭男子侵犯的案子一股脑儿说了出来。两人都是放学后独自在家时被盯上的。尽管门上了锁，但据说案犯还是撬开锁闯入了家中。至于男子具体对两名少女做了什么，巡查长语焉不详，可就算是不说，从他那可怕的表情中也不难看出，案犯绝非一般色狼，两名少女无疑是被强奸了。

中尾又走访调查了周边，也采访了别家派出所。本市东部地区内，受害女孩已达八人之多，很可能是同一案犯所为。每一起都是撬开锁闯入家里，然后用玩具手铐铐起女孩施暴。几天后，中尾又掌握了本部搜查一科正在秘密调查此案的情报。案犯犯罪行为的连续性和手段之残忍引起了警方的高度重视，投入的警力是专门负责杀人和抢劫的重案股。

中尾向一科科长小此木通报要报道此事。小此木勃然大怒，说绝对不能写。嫌疑人还没露出马脚，一经曝光很有可能就此潜逃，自杀都有可能。如此一来，你担得起责任吗?

岩村部长也希望不要急着报道，并暗示等查明嫌疑人并控制住其本人时再给他提供独家素材。中尾动摇了。“查明嫌疑人”无疑具有更大的新闻价值，可是，谁也不能保证自己跟岩村在密室中达成的约定一定会得到履行。不，这个约定可能根本没有达成。于是，他还是决定报道，而且认为这是自己作为新闻工作者的职责。如果就此把案件压下来，恐怕还会出现第九个、第十个受害者。

连续强奸少女的恶魔。这条独家新闻甚至越过了地方版，登上了主版社会版的准头条。中尾得到了一大笔奖金，以及其他报社同行充满厌恶眼神的祝福。可是……

对于这篇报道，一科的反感却远超自己的想象。

现在关系仍未缓和。无论到哪个搜查员的宿舍采访，他都会吃闭门羹。能接受他夜访的只有岩村和重案指导官志木二人。即便如此，关于强奸犯的问题他们仍拒绝回答半个字。所以，有关案犯调查的后续动向，中尾至今没有抓住一点头绪。在同属记者俱乐部的数十名记者中，原本只有他一人知道这起案件和调查的进程，然而那条特讯一刊登，他顿时就被关进黑暗中，失去了视野。

手握独家新闻的喜悦转瞬即逝，不安感却越来越强烈。侦查无疑取得了扎实的进展，连其他报社的同行都在追踪这个案子。他们肯定把被中尾抢先的怨气当成了原动力，拼命地进行调查采访。照这样下去，自己早晚会被反超。担心和焦虑让中尾两周来一刻都没安宁过。

可现在，中尾心头却有了足以淹没这种不安的有力材料。

万一，在强奸案上被其他报社的记者整垮，自己也还能用更强烈的一击进行“报复”。

中尾微微吸了口气。“地检似乎很生气。”

岩村的目光微微一动。“你指什么？”

“就是梶警部的案子啊。地检并不认同他彷徨着寻找死的地方这个说法，不是吗？”

岩村的眼神又动摇了一下。“这倒是没听说。”

“可是……”

“中尾君。”岩村的声音盖住了中尾的声音，“梶的案子你就别管了。”

“我无法放弃。梶警部是去了东京，对吧？”

岩村沉默了。

“目的是什么？”中尾探出身子，“县警查明了他的目的，内容却无法向公众公开。所以就向地检呈送了虚假笔录。不是吗？”

“不知道。”

说完，岩村直盯着中尾。

“那我反问一句，你所谓的无法公之于众的内容到底指什么？”

中尾没有想过。不，在“空白的两天”浮出水面后，他倒是试图思考过多次，可具体内容仍未浮现。

“还不清楚。但既然警察有意隐瞒，那就一定有不可告人的内幕。我就是这样想的。”

“我们什么都没隐瞒。”

“那为什么地检会发火？”

短暂的沉默。

“你认为梶聪一郎做出了无法向公众公开的不检点行为？”

梶聪一郎平静的微笑掠过中尾的脑海。

“这个……我也不清楚。”

“绝对没有。那家伙亲手杀了太太，只想求死。这种心情至今仍未改变。”

“可是，梶警部……”

他不是没死而是自首了吗？话到了嗓子眼中尾又咽了下去。

岩村的眼神已不同寻常。里面满含着愤怒，还有深深的悲哀。

中尾被震慑住了，犹疑了。岩村并不只是为了保护组织才这么说。他已经知道了东京之行的目的，并且知道那并非不检点行为。

不，这样一来就讲不通了。既然不是不检点行为，就没必要向地检撒谎。

“部长。”

中尾还未理出头绪就张了嘴，这时，办公桌上的电话响了起来。

“抱歉。”岩村轻轻说了一声，从座位上站起来。

这恰好给了中尾整理思路的时间。为什么？明知道并非不检点行为，可为何还要向地检提供假口供呢？

中尾恍然大悟。

他想起来了。关于空白的两天梶聪一郎一直保持沉默。这样，东京之行就不会被公众视为不检点行为，而对本人来说，这将永远成为他的秘密。可是，且不说岩村，难道连明哲保身的伊予警务部长也为了保守个人的秘密而同地检真刀真枪地干起来？

不可能。这时，岩村低低的声音传入了耳朵。

“那？检查的结果……”

中尾偷偷看了眼办公桌前的岩村。他眉头紧皱。岩村刚上小学的孙女患重病住进了 W 医大附属医院的事情他在宣传部时就听说了。

中尾慌忙从座位上起身，向岩村行了个注目礼后转过身去。背后却传来了岩村的声音。

“中尾君。”

一回头，用手捂住话筒的岩村正用深邃的目光望着他。

“报道是你的自由。可是，别忘了你们的笔下握着人的生死。”

中尾默默地出了房间。

不要杀死梶聪一郎。

岩村的话分明就是这意思。

3

二楼的警务科里，久本科长及其他科员脸上都挂着阴森森的假笑。就连刚才还投来威胁眼神的笹冈调查官也换上了假面般的笑容。

中尾立刻就被请进了部长室。

“哎呀，让你专门跑一趟真不好意思。快坐。我让人给你泡杯好咖啡。”

伊予警务部长热情款待的样子俨然就是一个演技拙劣的演员在表演。

中尾点了点头，坐到了沙发上，决定先静观其变。

“中尾君，听说你刚才为了采访机构改革的事去了科长那儿？”

“嗯，是的。”

“明年春天可有热门新闻哦。我们想组建一支女子机动队。当然并非常设。先分派到本部周边的警局，遇到紧急情况时再集中起来，比如皇族来的时候。既可以展示男女平等，又能振奋女警。”伊予口若悬河地说了起来，边说边用警惕的眼神探视着中尾的表情，“我们还打算动动刑事部，先让总务部独立出来。”

这本就不是什么需要隐瞒的事，可把不是秘密的事也当成秘密来处理是警察的看家本领。还没过年就向记者透露起明年春天机构改革的内容来，无非就是想用一些小恩小惠来拉拢中尾。

中尾一面机械地做着记录，一面等待着岩村刑事部长打电话到这个房间来。梶聪一郎一案属于现任警官犯罪，鉴于案件的性质，刑事部和警务部肯定一直在密切联系以共同应对。既然自己已经攻击了其中一方——刑事部，那么，按理来自岩村的“中尾情报”也会很快飞到这儿来。

可是，直到听完了伊予的话，办公桌上的电话仍然没有响起。难道岩村仍在跟亲属通话？莫非他孙女的病情不容乐观？不，也许是岩村无意跟伊予联络。刑事部和警务部的关系并不融洽，中尾也在无意中感受到了这种气氛。

伊予接到岩村电话时会表露出何种态度？来看看伊予的反应，这也是中尾此行的目的之一，但现在看来似乎要泡汤了。

“部长，”中尾合上笔记本，“地检似乎很生气？”

伊予肉滚滚的脸有点泛红。

“这个嘛……因为我们关系好，口无遮拦的话当然也就多了。”

分明是情急之下做出的拙劣辩解。

“县警把捏造的口供强塞给他们。佐濑检察官就是为了这件事发火的吧？”

“他没说过这种话！”伊予忽然情绪激昂，前倾着庞大的身躯瞪着中尾。

“说了，的确说了。”

“不会吧，你小子不会是想把偷听的内容写成报道吧？”

中尾顿时血流加速。

“小子可不是你能叫的！还有，你说我偷听是什么意思？完全是你们太随意，不小心传进我耳朵的。”

“总之是不确切没证据的传闻。”

“不是传闻，是我亲耳听到的。我还做了记录。”

伊予懊恼的视线落到了中尾手中的记事本上。

“没什么两样。总之，你要是把偷听的东西写成报道，那你就完了。”

无稽之谈。

“完了？你什么意思？”

伊予把视线移到窗户上，说：“《东洋新闻》的阿久津是我T大的学弟。”

中尾一跺脚从座位上站起来，出门下了楼。他气愤至极。阿久津，尽管记不太清楚了，但在报社高层的名册中似乎曾看到过这个名字。

浑蛋！谁怕你这个！

正在心中大骂的时候，怀里的手机震动起来。中尾极不耐烦地接起电话。

“喂，发什么火啊？”是东京总社的宫内。

“抱歉。有个家伙有点狂。”

“哈哈，狂妄的家伙哪儿没有啊。”

宫内比中尾大三四岁，两人同样是四年前被东洋录用的。既是同期进入报社，两人原先所待的地方报社又都在中部，机缘巧合，两人因此成了时常通电话互诉近况的好朋友。

不过，天未黑宫内就打来电话，这还是第一次。

“那，今天有事？”中尾边说边转过身。他已经走到记者室门前，可微微的忐忑还是让他离开了那儿。

宫内的声音忽然压得很低：

“那起警官杀妻案，你正在跟吧？”

中尾不由得挺直了身子。“嗯，当然。”

“关于晚报上刊登的那‘空白的两天’，说不定是去了新宿。”

“稍……稍等。”

中尾出了后门向自己的车跑去，心情激动不已。中尾以前供职的地方报偏重经济报道，而宫内是一般地方报纸的得力记者，却是一个与大报都敢一较高下的人。调到《东洋新闻》的今天，他仍然跟年轻记者混在一起，负责警视厅方面的报道工作。作为一名雷厉风行的刑事案记者，宫内给自己送来了有关梶聪一郎案的情报……

“让你久等了。请讲。”中尾在车内拼命地调整气息。

“不是说管理官，你那边的县警中，负责本部重案的人叫什么？”

“指导官。重案指导官。”

志木和正那瘦削的面孔浮出脑海。

“这就对了。你那边的指导官跟新宿的代理科长是警大的同期生——”

中尾在记事本上奋笔疾书。

志木在晋升警部时，曾跟新宿警局刑事一科一个姓诸积的男人，在中野警察大学一起接受过任用科的干部培训，所以两人颇有交情。就在数日前，志木曾就梶聪一郎的案子跟诸积联系过。据说他还拜托诸积帮他留意，“空白的两天”中的第二天，即十二月六日，梶很有可能去过新宿歌舞伎町。中尾记笔记的手颤抖起来。

去了新宿歌舞伎町。

难怪县警要刻意隐瞒梶东京之行。

歌舞伎町——当地人一听到这个地名，脑中首先浮现出的恐怕就是色情产业。一名现任警官亲手杀死妻子后竟丢下遗体去了歌舞伎町，影响实在是太恶劣了。

帮我留意一下。如果志木是那样说的，也就意味着梶去了歌舞伎町，具体去了哪里，又是为了什么目的，这些尚不得而知。县警害怕歌舞伎町的影响，于是就伪造了“在县内彷徨着寻找死的地方”的笔录送给了地检。

“只是，我质问诸积时却遭到了否认。说是没听说过。”

“啊？”

“我是在歌舞伎町的派出所得到的线索。”

“派出所……也就是说，那个姓诸积的人曾指示过派出所？”

“没错。啊，近期内我会再跟诸积聊聊的。”

中尾叫住正要挂断电话的宫内。“宫内，这条消息没告诉别人吧？”

刚说出口他就后悔了。因为宫内既没打到分社也没打到记者室，而是直接拨通了他的手机。

“呵，放心，谁都没说。好好整理一下吧。”

中尾连连致谢后挂断了电话。

“太好了！”

内心的兴奋不由得化成了声音。

中尾下了车。他产生了一股冲动，想再次踏进警务部长室，把写有“歌舞伎町”的笔记本放到伊予面前。

4

回到记者室时，《县民时报》的多多良正躺在各报社公用休息处的沙发上。此人四十好几了才在地方报纸混得一官半职。

“哟，中尾老弟，有情况？”

中尾的身体瞬间僵硬起来，但多多良仍用充满睡意的声音继续说：

“来这儿一看一个人都没有，我还以为都让人杀了呢。”

“今天好像全县都很安静。”

“哦？既然你这么说，那我干脆再睡一觉？”

多多良也很失败。正如中尾因为强奸案特讯一事变成搜查一科的万人嫌一样，在报道中暗示梶去过东京的多多良，也一定再没有从县警那儿得到一点案件的后续消息，一定正在担心被其他报社超过。更何况，多多良不但背负着“攻击县警”的黑锅，他写的特讯还遭到了县警的否认，落了个不伦不类，简直就是倒霉透顶。

所以，他跟自己亲密打招呼的心情中尾当然不难理解。写了条好新闻后双方就都没有了好日子。中尾真想这么说。记者工作就是存在这样一种矛盾：虽然平日里互相敌视，可是，真实的心情却只有这种互相敌视的对手才能理解。两个同病相怜的人，都因为写了篇独家报道而陷入同样的困境，再加上只有彼此能体会到对方的愤慨，心情往往会不谋而合。其他报社的记者们大概正自由地穿梭在侦查人员之间，大说特说《东洋新闻》和《县民时报》的坏话。由于这样的想法经常在大脑中闪烁，两人不觉间就会气馁，将对方当成临时战友。

不过，这种关系的成立与否完全取决于对方手里是否有货。没有什么比记者手里没有素材更可怜无助的了。而一旦弄到条好消息，他们顿时就能像手里握了把手枪似的神气活现起来。

不是手枪而是大炮。中尾从沙发前走过，心里有一种完全压倒多多良的优越感。

《东洋新闻》的隔间里只有小岛一人，正在电话采访商场促销科的负责人。由于这场三年一遇的寒冬，服装、取暖器等冬季用品的商战正打得如火如荼。中尾把在地方报工作时惯用的绝招传授给小岛，指挥他做着这些。如果中尾的特快消息能在今晚早些时候成形，小岛所做的事也就没用了。

中尾把写有“我去地检那边”字样的纸条在小岛眼前晃了晃，又打了一个简短的电话后出了隔间。他朝懒散地躺在沙发上的那个大肚子瞥了一眼，离开记者室，从后门来到大楼外面。四周已经昏暗下来，冷风扑打在脸上。

到 W 地检步行只要三分钟。一来到西大街，一栋窗户里亮着灯的五层旧机关大楼便映入眼帘。

各报社的记者都已聚到四楼的副检察长室。负责宣传工作的桑岛副检察长每天下午四点半都会举行一个简短的记者招待会。

“我们今天向地方法院提出对梶进行十天拘留的申请，结果已经批下来了。除此之外，没有特别要说的了。”

桑岛巡视着记者的面孔说道，不耐烦的表情微微透出没把年轻记者放在眼里的想法。

有几名记者就梶的供述提出了问题。桑岛回答称尚未得到报告，可话音未落，他又不负责任地追加了一句，说应该会跟县警的调查结果一致。

中尾在其他报社记者的身后观察着桑岛。

奇怪。桑岛一如往常那般悠然自得，好像并未因白天与佐濑检察官的争吵而受到影响。如果认定他是只老狐狸，那就另当别论了。可他故意透露关于梶的供述“应该会跟县警的调查结果一致”，究竟有何意图？地检不是早就认定警察制作的笔录是捏造的，并向县警发出了宣战吗？

记者们纷纷退出房间。

中尾跟在最后，离自己最近的女记者走到门口时，他耍了个小花招，故意把笔掉在地板上，然后蹲下身来。当他慢吞吞地捡起笔再度起身的时候，女记者的脚步声已经到了走廊上。

中尾转过身，一个箭步蹿到桑岛的办公桌前。“副检察长，请教一个问题。”

桑岛瞪大了眼睛。“你这样违反规定了吧？”

中尾并不理会。“县警送来的笔录是假的，对吧？”

桑岛拉开椅子站了起来。

“你……你不会……”

他瞪大的眼睛里充满了怒火。“出去！要不我喊警卫了！”

中尾毫不理会，继续发炮。

“梶聪一郎去了东京，是吧？”

“没这回事！我让你出去，你听见没有？”

桑岛抓起电话，真的叫了警卫。

中尾行了个礼，朝门口走去。怒吼声从背后传来：“今后十天内，禁止东洋的人出入！”

中尾跑过走廊，下了楼梯。下面传来往上跑的脚步声，是警卫。

中尾压低脚步声，来到三楼走廊。他并非单纯为了回避警卫，三楼有一大排检察官的办公室，佐濑的办公室就在最里面。

他敲了敲门，里面传来低沉的应答声。

佐濑并不在房间内。检察事务官铃木绷着脸站了起来——中尾以前从未跟他说过话，是通过办公桌上的名牌知道的名字。

“是记者吧？不行，这儿禁止进入。”

他早就知道，除了副检察长室，地检内部没有一处地方是他可以进去的。这里比县警要更有权势，从高层到一般事务员全都如此。可这座大楼里却没有一个人意识到，这地板砖、荧光灯、室内的办公桌、电话、钟表乃至一支圆珠笔，所有的一切都是靠老百姓的税金来维持的。

铃木走到门口。

“不行不行，让你快出去呢，听见没有？”

“佐濑检察官呢？”

“他不在。你快走吧。”

“检察官去哪儿了？”

“已经回去了。你也赶紧回去吧。”

中尾被推到了走廊上。

真是不可思议。关于梶的案子，负责宣传工作的桑岛强调地检与县警的步调是一致的，而认定县警捏造笔录并恫吓了县警的佐濑却早早回家了。

不和谐音……

正如县警刑事部和警务部之间的关系一样，或许，地检内部的关系也有些不寻常。

他恍然大悟。

他就手头的材料提出质问时，桑岛不禁说了这么一句：

你不会……

桑岛把后续的话咽了下去，被他咽下去的是——

是听佐濑说的吧？

大概是这样。

中尾发现走廊对面出现了警卫的身影，他迅速转过身，朝西侧的楼梯走去。

5

中尾不到六点就返回了分社。

《东洋新闻》W 分社租用了机关大街一角的一栋杂居公寓的一、

二层来办公。采访组设在一层。一进门，栗林绘美正在右手的开水间里。视线相碰，她偷偷地向中尾投来了两缕秋波。“它包含着双倍的爱情呢。”自从一个多月前在中尾的怀里这样说过一次，这就成了她的习惯。

总编片桐和副总编设乐正并排坐在里面的总编席前。虽然片桐说过要在晚上八点以后才回来，但他可是公认的工作狂，或许是担心版面问题而匆忙赶回来了。

一定是这些地方不如设乐的意，设乐一如往常地顶撞片桐：“再怎么说，这也登不上头版头条吧？”

“是吗？萧条持续了这么久，冬季用品商战如火如荼，这不是个很好的话题吗？”

似乎是自己让小岛写的稿子出了问题。

大厅里冷冷清清的。W分社虽然配有十三名记者，可时间还早，回来的除了中尾之外，就只有负责采访县厅和市政府的三人了。

中尾在总编席对面角落里的办公桌前坐下，打开笔记本电脑。来分社就是为了写备用稿的。

佐濑检察官或许会透露一二。中尾半怀期待地这么想。不，不仅仅是期待。

“找碴的应该是你们吧！把捏造的笔录硬塞给我们，欺人太甚！”

他把赌注下到了中午听到的这句佐濑的愤慨之言上。

今晚再去转一圈，假如佐濑承认自己的确这么说过，在明日早报上刊发一条独家消息的计划就大功告成了。若是夜访之后再开始写稿肯定会赶不上早报的截稿时间，所以趁现在有空先把大概内容落实成文字。

设乐仍在絮叨个不停。

“别的报社我不清楚，可在本报社是无论如何也上不了头版头条的。”

“嗯，可是……”

“我看就用县厅的材料吧。关于护理老人的事也符合咱们的一贯风格不是？”

设乐跟往常一样连连说着“咱们”，言外之意则在处处暗示着“外人”。

因为总编片桐就是“雇佣兵”。

虽然从年龄上来说片桐四十七岁，设乐刚过四十，可设乐在东洋的工龄却比片桐还多一年。这种微妙的差异给了设乐乘虚而入的机会，让两人的关系变得复杂起来。

不过，从一旁看来却是简单至极。过分在意这些的只是设乐，而片桐，怎么说呢，说他大度也行，愚蠢也罢，总之他对设乐的讽刺和挖苦向来是泰然处之，毫不在意。

这种毫不计较的态度让中尾干着急。片桐的诚实和温厚对下属来说是难能可贵的，采访指示和稿件把关也深得要领。正是因为敬慕他，才不由得希望他拿出总编的样子来，压压副总编的风头。

设乐的那句台词言犹在耳：“反正，YOHE 怎么干都是 YOHE。”

这是他对中尾手下的山边和小岛所说的话。一个令新人备感敬慕的副总编用“雇佣兵”这种恶毒的隐语来冷嘲热讽自己，不知那两人会作何感想，真令人担心。至少中尾心里很介怀。有时候，他甚至有些疑神疑鬼，觉得山边和小岛不经意间的动作和表情中也都透露着对自己的鄙视。

科班出身的瞧不起半路出家的，无论在哪个公司，这种现象或多或少都会存在。不过，《东洋新闻》一般只录用一流大学毕业生，认为他们才是“正规军”，“雇佣兵”这个与其对应的令人厌恶的称谓便是这种无可救药的血统意识的产物。

“知道了。那头版头条就用县厅的那篇稿子吧。”

“当然了。”

片桐今天照样退缩了。

中尾轻轻叹了口气。

虽说《东洋新闻》这个林子很大，但像设乐这样的人并不是很多。进来之后中尾才知道，半道录用的跟正规录用的应届大学生相比，在待遇和岗位安排等方面并没有明显的差距，反倒是半道进来的人在仕途获得成功的情形更多。这其实也很正常。从外面跳槽进来的人通常都会怀抱野心，接连打垮那些应届生——自以为被东洋正式录用后就已经实现了人生大半目标的孱弱的精英——一步步往上爬的人也绝不在少数。

中尾看了看对着胶片编辑器发呆的片桐。

眼前的片桐就是一例。他能坐上骨干分社总编的位置，完全是因为他根本就瞧不上那些贪图安逸的正规军，付出了比别人多两三倍的努力，争取到了很多独家新闻。

“哦，有货？”起身要上洗手间的设乐问道。

“没。在整理磁盘。”

“嗨，负责警察那边的头儿这么悠闲啊。”

中尾看着设乐的身影进了洗手间后，连忙起身走向片桐，低声耳语道：

“说不定，今晚能钓到一条大鱼。”

片桐的小眼睛放出光来。

“什么内容？”

“梶聪一郎案的后续报道。”

什么样的后续？片桐眼睛里打着问号，却没有问出口。大概自己一直是这样，纵然对方是总编，在形成文字之前也不愿说得很具体。

“不能告诉设乐？”

“嗯。省得万一告吹了，他又唠叨个没完。”

“知道了。用手机送稿吗？”

“我把存着备用稿的电脑放下后再去。请别让其他人碰。”

地检宿舍附近信号不好，手机经常打不通。所以，就算从佐濑那儿打听到了消息，中尾也不打算用手机送稿。

中尾迅速回到自己的位子。他刚坐下，设乐就从洗手间回来了。

到时候看了稿子可别吓一跳！

中尾开始在电脑上写初稿。

字数不需要太多。六十行……不，有五十行就够了。独家新闻越简短效果往往越轰动。

这四年来，自己从未带着如此亢奋的心情来写稿。

以前的报社是一家由当地企业共同出资成立的小报社。他在那里当了三年的“御用记者”，每天都在围着公司转，新产品的推广介绍、活动通知和招工指南，等等。不管去哪家公司，都会遇到学生时代的前辈、同学或后辈。在这种相互连来历、性格甚至喜欢女人的类型都彼此清楚的黏腻人际关系中，他每天都在千篇一律地大唱赞歌。终于有一天，他忍无可忍，逃了出来，来到东京，参加了著名记者主办的“媒体培训班”。然后，在第二次参加东洋的招聘考试后被正式录用。

电脑旁多了一杯咖啡，一闻香水味就知道是谁端过来的。“加油！”绘美悄声说了一句，然后端着放有好几杯咖啡的托盘朝其他办公桌走去。

那样子真招人怜爱。

将近八点了，这种奉献式的加班已有两小时了。绘美虽是聘用的打字员，可在分社里已经待了十年，跟正式职员没什么两样。但现在所有记者都配备了电脑并被要求在电脑上写稿，其实已经不需要由专人来将手写稿输入机器，所以她尽心尽力地做着杂务，就是为了不被解雇。

离开这儿的时候一定也把绘美带走。

中尾关上电脑，朝总编席上的片桐递了个眼色，然后出了分社。突如其来的北风袭遍全身，可中尾却未感到一丝寒意。

6

在家庭餐馆匆匆扒拉了几口味道一成不变的晚餐，沉吟了一会儿，中尾便驱车朝县警本部赶去。在面见佐濑检察官之前，有个人得先见一见。

那就是搜查一科的重案指导官志木和正。

时间刚过九点，志木应该还没回警局宿舍。中尾赶到县警本部驱车前往公用停车场。伸着数根天线的黑色指导官专用车正停在右后边的固定车位上。志木果然还在办公室。

中尾爬上昏暗的楼梯。一推开搜查一科的门，视线就跟志木碰到了一处。办公室里只有他一个人，正在办公桌前收拾文件放进包里。

“现在就回去了？”

中尾打了声招呼，志木竟然顿时喜笑颜开。

“一年就一次总归行吧。都快圣诞节了。”

中尾走近办公桌。

“指导官，关于梶警部一案……”

“怎么了？”

“警方的笔录是不是掺了假？”

志木停下手来看着中尾，立刻又把视线移回来，说道：“怎么会有假？梶警部就是那样说的……”

不过，声音却有些虚。

“虽然县警否认了，但是他确实去了东京，对不对？”

“这个嘛……”

志木回以口头禅。虽不是回避的语气，却透着一股无可奉告的意味。

“有消息说他去了新宿的歌舞伎町。”

志木再次看着中尾。这一次他的眼睛里现出了惊讶的神色。

“哪里的消息？”

“新宿警局的诸积”几乎到了嘴边。中尾真想向志木质询一下，可又担心这样会给宫内添麻烦，就回答说尚未确认。

志木一本正经地说道：“如果真的有这种消息，请告诉我。”

“嗯……可是，梶警部去歌舞伎町，目的究竟是什么呢？”

“不知道。”

“岩村部长是不是知道？”中尾不禁脱口而出。白天见面的时候他就有这种感觉。

“部长？为什么会这么认为？”

“直觉。部长给人留下的印象。”

志木望着空中，过了一会儿，缓缓地叹了口气。“总之，梶警部已被送上了传送带。”

这句意外的话令中尾不知所措。传送带？什么意思？

“就是从县警到地检，从地检到地方法院……再也停不下来了。就算周围再怎么乌烟瘴气，警部的心情也只有他自己才知道。”

听语气像是放弃了，可拜托新宿警局留意的不正是志木吗？

中尾看看手表。九点半。得走了。

“县警和地检的关系，似乎因为这个案子弄僵了？”

“不清楚。我已经回到了原先的案子。”

志木的脸色并未变化。

“知道了。告辞。”

中尾转过身，背后却又响起志木的声音：“你不问问色魔的事？”

中尾回过头来，微微笑了。“怎么样了？”

“这个嘛……”

志木也微微一笑。

中尾离开县警本部，沿县道驱车往西而去。

到达 W 地检的宿舍时正好是晚上十点。完全符合自己的预想，三号人物佐濑检察官的房间里也亮着灯。

中尾按响了门铃。

没有应答。五次、六次……直到第七次，门终于开了。

佐濑的脸上露出诧异的神色。“你是谁？”

“《东洋新闻》的记者，我姓中尾。”

“啊，怪不得眼熟呢。”

虽然带着酒气，却没有醉态。

“夜探检察官的宿舍会被禁止出入地检的。你不知道吗？”

“已经被禁止了。”

“什么？”

“白天跟副检察长闹了点不愉快，结果十天内禁止出入。”

“跟桑岛闹了不愉快？”

一瞬之后，佐濑大笑起来。

“好，进来！”

佐濑抓住中尾的胳膊，使劲把他拉进屋内。中尾这才发现佐濑其实醉得挺厉害。因为笑声和拽胳膊的方式都十分反常。

房间里乱得不成样。

佐濑让中尾在榻榻米上坐下，自己也盘腿坐在他面前，然后把威士忌的酒瓶拽到手里，咚咚咚地倒了满满一杯，塞给中尾。

“来，喝。”

“不了，我正在工作。”

“这也叫工作？”

佐濑又大笑一声，撤回酒杯，一饮而尽。

“不过，还是新闻记者好。爱怎么着就怎么着，想干什么就干什么。没束缚也没压力，什么都没有。”

在旁人看来也许是这样吧。

“可我们也是工薪阶层。”

“哈！我们就是机器人。还不是阿童木，是铁人。”

中尾目瞪口呆。这怎么听也不像是从干练的检察官口中说出的话。

“喂，知道《铁人28号》的歌词吗？歌词是这样的：好也罢坏也罢，全凭一个遥控器。对吧？”

中尾觉得，凌乱的房间就像是佐濑心灵的写照。佐濑荒唐的饮酒方式也令人这么想。

一定是出大事了。中尾确信。

“铁人那句话是什么意思？”

“不懂？就是受遥控器的操纵啊。我也被坏家伙用遥控器控制了。”

“你说的是……桑岛副检察长？”

本以为已进入了采访。

佐濑却沉默不语了。就算是醉了，也没有一个检察官会轻易透露情报。

过了一会儿，低低的声音传来：“你想问什么？”

中尾挪挪膝盖。“白天的事。”

佐濑的眉梢颤抖了一下。

“我听到了检察官的怒喝。你说县警把捏造的笔录硬塞给地检，原话就是这样。”

佐濑额头上青筋暴起，瞪着眼前的中尾。

眼神骇人。

不过，中尾立刻就意识到，那眼神并未朝向他，而是瞪着别处。

是桑岛，还是整个地检？

不,是在瞪着自己。中尾震撼无比。他正在跟自己进行着斗争！

说，还是不说？

佐濑的身体开始摇晃，终于抵挡不住酒精的作用。

“检察官。”中尾抬高声音。趁着佐濑的大脑还未彻底昏迷，得赶紧确认。

“假口供的事是真的吧？”

佐濑如鬼魂附身般呆呆地望着天花板。

“恫吓警务部长的事实你承认吧？”

眼看就要点头了。

“为什么不承认？真是可笑。就在半天前你还是那么义愤填膺，现在为什么就不通情理了？”

佐濑的目光暗了下去。

“到底发生了什么事？你今天早退了吧？为什么？你跟桑岛副检察长之间是不是发生了什么？还是跟县警发生了什么？”

“格里尼克桥……过……”

莫名其妙的一句话。大概已经不省人事了，佐濑眼看就要倒在榻榻米上。

中尾两手按住佐濑摇晃的肩膀，盯着他。

“告诉我！你恫吓警务部长的内容是不是事实？”

佐濑痛苦地闭上了眼睛。点了点头。

不……是睡着了。

不明白。到底是“是”还是“不是”。

一松手，佐濑便瘫倒在旧报纸堆里。鼾声响彻整个房间。中尾给佐濑盖上被子，出了房间。

报道告吹了……

中尾从怀里掏出手机，按下了分社的快捷键。

7

之后三天，中尾都是在郁闷中度过的。

无论找谁，都没能确认警部一案后续报道必需的证据。之后又连续几个晚上去拜访佐濑，房门却再也没有为他打开过。佐濑那句梦话般的“格里尼克桥”倒是通过互联网的搜索引擎查了出来。

“连接柏林和波茨坦的桥梁，冷战时期曾被用于交换俘虏。”

交换俘虏。这不由得令人怀疑县警与地检之间有幕后交易。中尾推测：地检本想追究县警伪造笔录一事，可是地检却被县警抓住了某个把柄，只好放弃追究笔录涉嫌作假一事。这样一来，就能解释得通白天冲进县警本部恫吓了伊予警务部长的佐濑后来为什么早退、喝得烂醉，又漏嘴说出桥名。

可是，被交换的“俘虏”是谁却并不完全清楚。一方肯定是梶聪一郎，县警那边交出的“另一方”却不知是谁。

第二天，也就是十二月十三日，事情便水落石出了，却是以十分残酷的形式展现在中尾眼前。

早晨五点，在分社值夜班的中尾起来上厕所。《县民时报》的早报已送到了信箱里，他顺手带回了休息室。翻开社会版时他惊呆了，上面竟刊登了一条特大新闻。

“涉嫌贪污的检察事务官遭逮捕”，“侵吞交通违章罚款”，“为还欠款贪污三百万”……

分管县西部S区检察厅的三十二岁的征收主任，多次侵吞交通违章罚款和业务过失伤害罚金，前后共计贪污上百回，事实已被地检的特别监察组查明。

报道的主要内容就是这些，又让《县民时报》抢了先。中尾正要合上报纸，画蛇添足的一行字却映入了眼帘——

“地检正在对该征收主任在自行车竞技场涉嫌调包行窃一事进行严厉追查。”

在自行车竞技场玩调包？这种事情怎么会在地检的内部监察中被查出来呢？

他立刻把一切都联系了起来。

事情恐怕是这样的：征收主任最初是因涉嫌调包行窃而被警方逮捕。检察事务官的不检点行为若被警方曝光，身为上一级调查机关的检察系统将颜面无存。所以，地检要求县警交还主任本人，并以不再追究笔录涉嫌作假一事作为交换条件。

“真干得出来！”

中尾把时报往手里一攥，狠狠地摔在地板上。被别人抢了特大新闻的愤怒和对两个调查机关的义愤搅在一起，让他怒火中烧。

既然被抢了先，就必须给总编打个电话。中尾迅速整理好衣服，走出休息室进入大厅。《朝日新闻》和《读卖新闻》的早报早就送到了。中尾慌忙在桌子上打开，顿时脸色铁青。

稍后《每日新闻》也到了。这一次，中尾是战战兢兢地打开的。

眼前顿时漆黑一片。

都登了。《朝日新闻》、《读卖新闻》和《每日新闻》全都以特大版面刊登了跟《县民时报》同样的报道。

特大疏漏！

记者最忌讳的词充斥了中尾的大脑。不是《县民时报》的独家新闻，而是《东洋新闻》的特大疏漏。

中尾发疯般浏览起各报社的报道。

不出所料，内容都是大同小异的“发布会报道”。原来是桑岛在每天下午四点半于副检察长室召开的例行记者招待会上披露的。那期间他被禁止出入地检，没法参加发布会，所以才——

电话响了，中尾吓了一跳。

“你这蠢货！”设乐的怒骂声震耳欲聋，“弄出这么大的疏漏，丢人！整个分社的声誉都会下跌。你究竟想干吗？”

“抱歉……”

“一句道歉就完了？我就知道雇佣兵是当不了头儿的。你赶紧设法给我弥补，听见没有？”

整个上午中尾都是在分社度过的。在编辑干部会议上说明了特大疏漏的经过，写了检讨书，还写了补救稿。由于无法出入地检，所以是照着各报社的报道写的。

一直到下午两点，中尾才在县警本部的记者室露面。刚走到门口，里面就传来了笑声。中尾推开门，声音戛然而止，公用休息处变得鸦雀无声。《县民时报》的多多良若无其事地看着中尾，好像什么都没发生。“战友游戏”已经结束了。

这次的确是中尾的失误。被禁止出入地检也不是什么新鲜事，哪家报社都会轮到。这种时候只需随便跟其他报社的人打声招呼，让对方有事告诉自己一声就行。可中尾却疏忽了，他把注意力全放到了梶聪一郎的案子上，跟谁都没有打招呼。

既然你没打招呼我们就没告诉你，每张脸上都是这种表情。

中尾走进《东洋新闻》的隔间，在椅子上坐下，疲惫至极。

设乐的怒骂声仍在脑海中回响。

雇佣兵要往上爬，必须付出比别人多两三倍的努力。工作表现平平当然不行，更不用说出现了特大疏漏……

中尾把手按在胸口。

眼下就有最有力的材料。

伪造笔录，县警与地检的对立，幕后交易。胜负还未最后决出。

但无法查证。因为没有一个人会承认这条材料的真实性，梶聪一郎去歌舞伎町的目的也不清楚，一点儿都不清楚。可是——

自己却很想写。

只能如此。只能用这条材料去挽回分社对自己的信任，让其他报社的家伙们闭嘴。

心跳开始加速。

公用休息处又响起了笑声。

中尾坐在椅子上一动不动，心却已经跳了出来。

8

晚上八点。中尾站在刑事部长家门口冰冷坚硬的三合土上。

“写？”岩村倚着门框，抱着胳膊，俯视着中尾，“怎么写？”

中尾没有回答。他既不是来商量的，也不是来查证那些材料的，他只是来打声招呼。写，只需将这个意图传达给岩村就行了。

中尾默默地点点头，转过身去。

“等一下。”

中尾不加理会地离开，可岩村接下来的一句话却让他停住了脚步。

“刚才时报来打探强奸案的素材了。”

说着岩村从怀里掏出笔记本，用笔写了点东西，然后撕下那页纸，对折后递给中尾。

“忘掉那件案子吧。你可以拿走这个。”

“这是……”

“色魔的名字。”

“啊？”

“人已经控制了。虽然那家伙因为种种情况进了医院，但没有性命之忧。一两天之内就会执行拘捕。”

中尾一直站在那里。

脑海里浮现出志木的脸。那一天，志木刚过九点就准备回家，说是要提前过个圣诞节，还问自己怎么不问问色魔的事。怎么就疏忽了呢？原来连续强奸少女案已在那天结案了。

“时报还不知道罪犯的名字。拿走吧，算是一点补偿。”

中尾一面听着岩村的声音，一面闭上眼睛。

他打心底里出了一口气。是放松的呼吸。就算是得不到实证，他也可以确信县警与地检的暗斗了。同时，他又很害怕，害怕在不了解案件中心人物梶聪一郎想法的情况下就写报道。他获得了解脱，只觉得心里的疑问全都消融了。

他找不到拒绝交易的理由。

中尾原本就在追踪色魔一案，最有价值的线索正是“抓住嫌疑人”。这不仅可以使自己从重大疏漏的困境中走出来，还能对其他报社的家伙们起到十二分的报复效果。

纸条就在眼前。

中尾仿佛被磁铁吸附过去一样走向岩村，最终还是迈过了格里尼克桥。

“部长，只回答我一个问题。这笔交易究竟是为了保护组织，还是保护梶聪一郎？”

岩村没有回答。

中尾辞别了部长。他跑向汽车，一钻进去就立刻掏出了手机。片桐总编接了电话。

“我是中尾。十五分钟之内我将用手机发送一条特大新闻！”

他只说了这么一句就挂断了电话。他知道自己的声音很亢奋。

“拜托了。”片桐简单回应道，声音也充满了兴奋。没让片桐的期望落空，这让中尾很高兴。这是一个拥有武士情怀的人。在今天的分社干部会上，只有他一个人没有责备自己的特大疏漏。

中尾拿过副驾驶席上的笔记本电脑放到膝盖上，调出早就写好的强奸案的初稿。小意思，只需将开头部分换成“今天已将嫌疑人逮捕归案”就行。然后他打开部长交给他的纸条：高野贡，二十九岁短期大学美术老师。

五分钟就完成了。他把手机连接到笔记本电脑上，将草稿发送出去。

不到一分钟，片桐便回了电话。

“收到没有？”中尾兴奋地问，可回应他的却是对照鲜明的郁闷声音。

“我要你把梶聪一郎案的稿件发过来。”

“啊？”

“刚才接到你的通知后，我就通知了总社。”

原来是片桐误会了。因为四天前中尾曾对他耳语，在去佐濑的宿舍前提过“梶聪一郎案的后续”“能钓到一条大鱼”之类的字眼。

“那，请向总社更正一下。”

短暂的沉默。“不行。”

中尾很困惑。“为什么？”

“总社寄予厚望，特意把社会版的头条空出来了，正等着你的菜下锅。可现在却换了，你让我怎么说得出口？”声音中充满了无奈。

中尾很纳闷，片桐的做法与平常不同，全然没有了往日的沉稳。总社也很奇怪，怎么能仅凭几句“梶聪一郎案的后续”“能钓到一条大鱼”之类的字眼就给上社会版头条……

中尾恍然大悟。

他们已经知道了地检与县警的对立。片桐和总社高层都认为这才是有价值的内容，所以决定上头条。

中尾把手机贴到耳朵上。“您看了我的稿子吧？”

没有回答。

原来片桐趁中尾把电脑放在分社去佐濑家中夜访之际，打开中尾的电脑偷看了备用稿。

“写！”冰冷的声音敲打着中尾的耳膜。

恐惧死灰复燃。“歌舞伎町”的字样会杀死梶聪一郎的。不仅如此，这样做就是撕毁了他与岩村部长的约定，背叛岩村。以后再也不能去县警采访了。

“我不能写。”中尾的声音在颤抖，“我跟部长达成了交易。”

“我们又不是要在这地方待一辈子。”

糊涂虫的印象一扫而空。自己怎么忘了，电话另一端分明是一个比别人勤奋好几倍、多写了好几倍的特大新闻才爬上来，并且还要继续往上爬的贪婪的“雇佣兵”。

“如果还想继续做东洋的人就给我写。”

电话挂断了。

中尾闭上眼睛，仰面朝天，呆立在那儿。

绘美的脸浮了上来，向中尾投来两缕秋波。加油！

眼泪不知不觉间溢了出来。

如果还想继续做东洋的人……

中尾用袖子使劲擦了擦眼角。

还有别的路可走吗？今后还要在东洋混，在日发行量八百万份的《东洋新闻》……

他操作鼠标，把那天写好的备用稿调了出来，只觉得梶聪一郎平静的笑容映在了电脑屏幕上。

这篇报道是真实的，中尾在心底念叨着。他伸出颤抖的手指，把光标移到“发送”按钮上，按下了确定键。

植村学

1

W 律师会馆分馆的法律咨询室小得可怜。

植村学正左右为难。本来这个房间用来密谈是很理想的，可眼前这位脖子上哗啦哗啦挂满了首饰、手指上戴着明晃晃的大金戒指的私人诊所医生的夫人，却在用大得连走廊上都清晰可闻的声音喋喋不休。丈夫肯定在偷情，我得狠狠敲他一笔补偿费。虽然植村也尝试着在这连珠炮般的控诉中插进几个问题，可她根本就不正儿八经地回答。偷情的确凿证据似乎并未抓到。不，甚至连她是否真正考虑过离婚都让人怀疑。再看看植村记录的内容：丈夫回家很晚，花钱毫无节制，一点也不在乎我。

草草说了几句感谢的话，然后，她手抱皮大衣，摇晃着连衣裙下的干瘦身躯，踩着高跟鞋嗒嗒嗒地出了屋，压根儿就没有一丝要舍弃医生夫人宝座的意思。半小时五千元的咨询费，似乎也不是为了离婚诉讼咨询，倒像是专泄愤而来的。

植村休息了一会。

朋友间的借钱纠纷，疯狂购物刷爆信用卡，还有怀疑丈夫不忠……每天都是这种一成不变的咨询，说实话，他都听腻了。

植村啜饮着咖啡壶里倒出的咖啡。

恍惚的大脑里似乎仍残留着皮草的光泽和贵重金属的光辉。咨询或许能直接带来委托律师的生意。他的内心一直怀有这种期待，随着希望落空心情渐渐变得焦躁。在这个大家轮流坐庄的咨询现场，W 律师事务所的人全都虎视眈眈地在等待“上等客人”的降临。这种居心若是被识破，一定会被那些蒸蒸日上的同行们嘲笑。虽然知道这些，植村仍然不想空着手回事务所。

钓到大鱼没有？

这是老板一贯的口头禅。植村受雇于这名老板，甘愿在其手下打工。执业律师，合伙人，就算是换成再动听的名字，本质上也不会改变什么。总之，不独立开事务所的律师终究只是个寄人篱下的打工者。年轻的话倒还可以，为了锻炼自己，年轻时谁没走过这条路？可是，植村马上就到五十岁了。

敲门声不由分说地宣告了休息结束。

“请进。”植村朝门口应了一声，慌忙把目光落到预约登记表上。

“我想咨询一下与被警察逮捕的妹夫取得联系的方法。”

取得联系的方法？

植村纳闷起来。大概是担心身处拘留所的妹夫，想了解一下状况。微弱的期待又在心头膨胀起来——这种咨询往往会直接达成私选辩护人的委托授权。

“打扰了。”

伴随着纤弱的声音，一个头发斑白、年过半百的女人走了进来。

与刚才的医生夫人形成鲜明对照，这个女人一身质朴的会客和服，显得文静而孱弱。

“岛村康子，五十六岁，W市弥生町××……”

植村转瞬间就估了价。没多少钱。

“让您久等了，实在抱歉。岛村女士，您要咨询的是被警察逮捕的妹夫的事情？”

岛村康子把外套叠到膝盖上，双手覆在上面。

“我想与他取得联系，却不知方法。所以就想向您咨询一下该怎么办。”

听语气，只是想联系而已。

“您去过警局了吧？”

“是啊，可是人家不让见。”

“在嫌疑人被起诉之前，检察机构是不会让他跟律师之外的人见面的。”植村不由得强调道。

“那我就逐条逐条地问了。首先，您妹夫是因何被捕的？”

女人犹豫了一下。“我想您大概也听说了……有个警察杀死了患老年痴呆症的妻子……”

啊，植村轻声叫了出来。意外的信息总会让人一下子不知所措，可唯独这一件，信息与植村的记忆瞬时就连接起来了。

现任警部杀妻案。

一周前报纸上就炒得沸沸扬扬了。W县警本部的一名警部杀死了不堪病痛折磨的妻子。由于从案发到自首之间有两天的空白，后续报道铺天盖地，其内容和规模甚至大大超过了对案件本身的报道。

植村目不转睛地看着康子。“那么，您是……”

"我就是那位被杀妻子的姐姐。"

既然这样，那位警部妹夫不就是杀死自己亲妹妹的凶手吗？不是想了解一下近况，而是想联系一下，这或许表现了康子的复杂心情吧。

看到植村难掩困惑，康子便从包里拿出一张剪报，在桌上展开。

是最初报道杀妻案的新闻。男女二人的脸部照片并排刊登在一起，植村记得曾看到过。"嫌疑人梶聪一郎"，一张令人联想起食草动物的平和面孔。"被害人启子"，长脸上一双圆眼睛给人格外深刻的印象。眼前的康子也是如此，年轻时她们肯定都是美女。

"我得先声明一下，我并不恨梶聪一郎。"康子略微用力地说道，"妹妹的病情已发展到了相当严重的程度。白天，梶聪一郎外出上班期间，我很担心她，所以经常去看她。她病得很厉害。经常连有没有吃饭都记不清了，因而有时接连吃上好几顿，有时又什么都不吃。甚至连我都认不出来了，还一本正经地问过我是不是她妈妈。正常的时间越来越少，她本人也意识到了病情的恶化，过了夏天之后，她每次见到我都会反复念叨不想活了。"

"您是说，梶警部的行为是迫不得已？"

康子含糊地点点头。

"妹妹妹夫的独子早早病故。我看了报纸才知道，原来案发源于这件事……真是太可怜了。"

植村的目光落到报道上。上面的确是这么写的。

七年前，年仅十三岁的独子俊哉因患急性骨髓性白血病去世。案件发生在本月四日，正是俊哉忌日当晚。白天，夫妇二人一起去扫了墓，可晚上启子却忘了这件事。病情恶化得连记忆都错乱了，她以为自己忘记了儿子的忌日没去扫墓。因此心慌意乱，祈求梶杀了自己，说是想趁着还能记得俊哉的时候早点死去，那样至少还能作为俊哉的母亲死去。于是，梶就答应了她的请求，把她掐死了。

这种案件的处理与普通的杀人案有所不同。刑法第二〇二条中有“参与自杀及同意杀人”一条,而该案的情形明显符合该条中的“同意杀人”，即所谓的委托杀人，一般处以七年以下有期徒刑或监禁。

植村把投向空中的视线转回康子身上。三十分钟很快就会过去，他总结了几点疑问想寻找一下突破，就直率地问道：“岛村女士，也就是说，您想为警部聘请律师？”

“啊……我，我只是想跟梶聪一郎取得联系。”说着，康子试探地看着植村，“您的意思是说，要想取得联系，不请律师就不行？”

“嗯。我刚才就已经说过，在起诉之前，除了聘请的律师，其他任何人都无法与他见面。”

康子的眼睛里蒙上了一层不安的阴影。

“那如果要聘请律师，得准备多少费用？”

“根据现行的值班律师制度，如果只见一次面可以免费。”

“只见一次面……”康子念叨着扬起脸来，“那我还是想专门为他请一个。”

植村此时已勾画出了整起案件的全貌。梶聪一郎全面承认了自己的犯罪行为。那一度被炒得沸沸扬扬的“空白的两天”，已被查明是在县内彷徨着寻找死的地方。即本案在事实关系上已无争议。对律师来说，这完全属于那种既不需要特别的知识也不需要花费时间的事实清楚的案件。根据报酬规定，代理费在二十万到五十万之间。

听植村这么一说，康子瞪大了眼睛。“五十万元……”

“我是说最高。金额要在综合考虑案件刑罚的大小及警部的社会影响等诸多情况后才能决定。当然，也要顾及委托人的财力和经济状况，也就是说，可以商量。”

接着，植村对日薪和报酬进行了说明。康子低头听着，却意外地当机立断道：“明白了。费用我会设法筹措，那就拜托了。也就是说先生您受理了，对吗？”

老板的面孔闪过脑海。

“行。如果您愿意，那就由我来办理吧。”

说完，植村又想起了刑事诉讼法的条文，赶紧补充道：“不过，作为警部妻子的姐姐，您没有聘请辩护律师的资格，所以，请以警部直系亲属的名义申请，兄弟姐妹都行。”

不料康子却因此陷入了沉思。

梶的父母和哥哥都已去世，此外并无兄弟姐妹。唯一活着的亲人是祖父，据说很久以前就在外面有了女人抛弃了家庭，跟孙子一次面都没见过。

“即使这样的人在法律上也比您管用。您知道他的下落吗？”

“嗯。偶然得知的。”

原本康子并没见过梶的祖父，连他是否还活着都不清楚。可是，在前年的敬老日那天，梶的祖父竟然上了当地的报纸。那是一条县知事慰问百岁老人的报道，在慰问对象中就有“昭介”的名字。启子偶然看到了，就打电话告诉了康子。

“他住在养老院。我记得曾将报道剪了下来，所以回家后就会知道是哪家养老院。”

植村将名片递给她，告诉她弄明白后打电话联系，然后送走了康子。

白搭。

这是植村真实的想法。纵然钱是由康子出，可很难想象那个名叫昭介的男人会为了从未谋面的孙子轻易在辩护人委托书上盖章。既然都过一百岁了，恐怕连让他理解手续的意思都很难。更何况，上报纸已是前年的事，现在还是否健在都不好说……

敲门声传来。

“想拆掉公寓，可年长的女住户赖着不肯搬走，很棘手。”

看完登记表上的内容后植村叹了口气，朝门外应了一声。就在这时，兜里的手机响了起来。

“是阿学吗？是我啊，我。”住在县北边的哥哥谦一打来电话。

植村不太情愿地回应道：“我正在上班呢。”

一个头发斑白的胖男人已经踏进了房间。

“啊，抱歉抱歉。老妈卧床了，我想还是跟你打个招呼。”

植村心里咯噔一下。

“哪儿不舒服吗？”

“没事没事，就是有点头晕。躺躺就好了。”

“晚上晚点的话我能赶回去。”

“没事没事。你干的又不是一般的工作。”

无论是家里的法事还是叔父的葬礼，甚至连家里着火的时候，谦一都会连声说没事。

“连老妈都说，这么点小病实在是不好意思让你回来。谁让你是咱们家的骄傲呢。”

谦一仍没忘记添上他的另一句口头禅。

2

结束了六个咨询后，已经是五点了。

乘公交车从律师会馆到藤见律师事务只要三站。植村到达的时候两名女事务员正在准备回家。没有人给他上茶。老板藤见泰造以雇用了植村为由，削减了她们的冬季奖金。

“钓到大鱼没有？”

这次丢过来这句台词的不是泰造，而是其子范夫。

只是被父亲的口头禅传染了，并无他意。范夫是植村在司法研修所时高一届的学长，又有同乡之谊，所以当植村在东京遭遇挫折时，是他说“回这儿来咱们一起干吧”，还说父亲泰造年满八十就会退休，两人以后共同来经营事务所。范夫的提议对植村来说当然是求之不得，可等实际工作之后，才发现泰造竟然气宇轩昂，身体强健，丝毫没有隐退的意思。“抱歉，我会想办法的。”范夫不时地恳切相求道，可在上个月已年满八十一岁的泰造倒下去之前，植村的打工生活还得继续，这已经是板上钉钉的事了。

植村把岛村康子的案子告诉范夫时，坐在里面办公桌的泰造伸长脖子。听力也一点不见衰退。

“植村先生，你是说要为警官辩护？”

“不妥吗？”

植村反问一句，泰造夸张地抱起胳膊。

他并非一个拥有左翼思想的人，只是摆摆反权力的样子而已，却硬是装出一副不快的表情，自以为是在给打工律师做出某种暗示。乡巴佬律师，植村诅咒着，脑海里不由得闪现出六本木的事务所来。透过窗子可以俯瞰楼下时尚的露天茶座，明媚的阳光，穿着定做的套装并搭配流行的领带。让模特儿都相形见绌的事务员。人们络绎不绝地进进出出，若无其事地处理着涉及金额数千万甚至上亿日元的工作。

泰造仍抱着胳膊。可他脑子里一定在敲打着计算器，盘算着能赚取多少代理费。因为这间事务所的经营一点不轻松。

植村说还有件帮人立遗嘱的工作，便出了事务所。其实约定的是明天。植村走到电车站，跳上三十分钟一班的电车朝家里赶去。焦虑变成了头痛，植村好久都没能早早地睡个觉了，他想今晚应该能如愿以偿。

“到底该怎么办呢？正经的补习班一个都没有。”

一回到家，植村就被亚纪子唠叨的声音捕获了。

“我觉得还是得去东京才行。照这样下去，真实恐怕连个正经大学都进不了。”

植村默默地换着衣服，眼神却在说：你自己过去又是什么样呢？

在谁都能进的三流大学里，不学无术，每天沉溺于各种选美比赛……

“我睡一会儿。”植村扔下这句话，朝卧室走去。亚纪子用愤怒的眼神目送着他。每当这种时候，那惹眼而松弛的双下巴就会刺痛植村的眼睛。

植村觉得，两人的关系既非恋爱也不是结婚，而是一种契约关系。律师的徽章与三座选美比赛的奖杯，双方都违背了契约。植村已懒得履行继续提供奢侈生活的责任，亚纪子也放弃了继续做一个美丽贤淑妻子的义务。

植村钻进被窝。闭上眼睛却睡不着。他躺在床上，太阳穴疼得越发厉害了。

也不知老妈怎么样了……

对家里的感情一直很淡漠。当植村在村中学的推荐下考进东京私立高中时，比起惊喜，没文化的母亲更多的或许是困惑，对植村的态度也变得非常生硬。父亲卖掉了零散的田地，哥哥谦一则放弃了报考大学，说着“没事没事，反正我也是要种地的”。自己对家人不曾有过感激的记忆，总想着有点出息。不，必须要出人头地。这近乎焦虑的执着把高中三年变成了痛苦的回忆。

一口气考进了T大，心头终于敞亮起来。因为被一位著名记者所写的一篇冤案的报告打动了，而立志要做律师。可是，司法考试花了七年才考过。为了支付房租费、生活费和补习费，父亲只得把手头大多数田产交到别人手里。当结束了两年的司法研修时，植村已经三十岁了。在曾经实习过的律师事务所做了三年的打工律师后，他换到了涉外事务所。第二年，便跟一起共事的老大哥律师独立出来，在六本木的中心地带开了一家专门受理民事案件的事务所。

泡沫经济仍在持续，工作和金钱梦幻般涌来。植村全神贯注，玩命般工作。他要挽回，把在那阴郁狭小的房间里与六法全书格斗的时间挽回来，把远离父母、以考取T大为唯一目标的十五年寄宿生活挽回来。

所以，高额报酬理所当然地涌来。高层公寓最上层的房子和美丽的妻子，这些与自己相配的东西也都到了手。他一直用眼睛看得见的成功来填补着眼睛看不见的内心空洞。

植村在被窝里扭动了一下身躯。

前年春天，事务所的合伙人被警察逮捕，罪名是在受聘担任破产清算的房地产公司的资产保管人期间，挪用该资产来填补别的窟窿。因为受委托而收受的欠款被暴力团伙掠走了，他不知该如何填补这个大窟窿。植村虽然大吃一惊，却并没有那种晴天霹雳之感。毕竟泡沫经济已经终结，与追债公司合伙的黑色工作的比重越来越大。每天都在过独木桥，稍不留神，就会从桥上掉下来。

警察对事务所进行了搜查，搜查画面反复在电视新闻上播放。有同伙嫌疑的植村连续几天被传唤到审讯室。十多家企业法律顾问的工作一下子全没了，事务所瞬间将倾。于是他们裁掉了打工律师和事务员，贱卖身价来揽活儿，最后甚至卖掉了自家公寓为事务所输血，可一切都打了水漂。为清偿欠款，黑色封皮的法令集与办公器材全被搬了出去。那一天，空荡荡的事务所一角，只有那多年未翻一页的《冤案录》的复印本满是灰尘地被遗落在那儿。

同行中没有一个人向植村发出邀请，不洁的形象是所有事务所都忌讳的。而植村的个人名声也相当糟糕。刑事案件的辩护他从不接手，因为被告的家里如果没有财力，那就很可能等于白干。即使是民事案件，额度小的案子他也置之不理。他是一个只为钱打工的律师。常年的势利终于得到了报应。

他开始自暴自弃，沉溺于酒精。为了赚酒钱，他甚至跟追债公司合伙，为此惊动了律师协会纪律委员会，接受惩戒处分只是早晚的事。亚纪子只好出去工作。虽然靠拉保险赚了不少钱，可有一次，植村从她的头发上闻到了烟味，立刻打了她一耳光。亚纪子苦笑着嘟囔：我真是看走了眼……

完了，当时植村想。看走了眼，跟错了男人。妻子所说的这句话，比其他任何话语都更切中植村的人生要害。

植村望着昏暗的天花板。

藤见范夫的邀请不只解救了植村，表面上也挽救了他们夫妇的婚姻危机。吃饭可以不用发愁了，自己只需将打工律师这个古旧的称呼埋葬到脑海深处。只要带着常人的表情，跟常人一样去工作，夫妻二人大概也用不着再次摘下假面了。

可是……

植村的心底却仍放不下那三年，带着欲哭无泪的心情把写有“考取T大”的头巾扎在额头上那三年，还有如地下的虫蛹一样度过的那七年。十年时间没有得到任何补偿，就那样空洞地横亘在自己眼前。

植村钻出被窝。

他把头伸进壁橱，使劲拖出一个纸箱。

通讯录，名片，数量庞大的明信片……

即使在生活奢华的六本木时代，植村也没忘记寄送贺年卡片和搬家通知。这是他自高中时代养成的习惯，每月都要给父母寄一张明信片，汇报近况和模拟考试的成绩。

植村在小桌前坐下，打开台灯。把到昨天为止看过的明信片放到一边，又解开新的一捆，一张一张地翻下去。他要找的是“W县”的字样。县内为数不多的熟人朋友，在东京相识的现在在这边的企业上班的人……

每找到一个他就拿起笔来。“我已在 W 县做律师了。有事只管打招呼……”

其实他并非是想借此来拉关系。只是，只有在这样写着明信片的时候，他才能忘记头发已经斑白的自己却开始了打工律师生涯的现实。

3

次日早晨的《东洋新闻》让植村大吃一惊。

因为上面刊登了自己昨天刚接受了咨询的案件的后续报道。不，确切地说应该叫令人震惊的独家报道。

大大的标题跃然纸上：

梶聪一郎案件的笔录系县警伪造

地检接受幕后交易

植村粗粗读了一遍后，立刻从包里取出笔记本和笔，记录起要点：

一、梶聪一郎十二月四日杀害妻子，两天后的六日去了新宿歌舞伎町。

二、W 县警害怕这个事实被公之于世，便伪造了“六日在县内彷徨着寻找死的地方”的笔录送交 W 地检。

三、W 地检识破了伪造的笔录，着手对县警进行调查。

四、几乎同时，县警在自行车竞技场拘捕了调包行窃的检察事务官。跟地检联系的同时，试探幕后交易的可能性。

五、地检进行了内部监察，掌握了该检察事务官侵吞巨额钱款的事实。由于害怕被处于下级的调查机关 W 县警曝光该事件，遂要求对方交还事务官。也就是说，答应了与县警的幕后交易。

六、最后，地检终止了对县警的调查，接受了“彷徨着寻找死的地方”的供词。

植村再次叹息。

光是现任警部杀妻就是一桩惊天新闻了，没想到县警与地检竟围绕着该案展开了一场暗战……

真是罕见的事件，必然深深影响了判决过程。想到这儿，一刹那，植村不禁心潮澎湃。

过了七点，植村拨通了岛村康子家的电话。康子说昨晚就找到了有关祖父的那篇报道，只是由于时间很晚了，就没有跟植村联系。

“我现在就过去看一下，请告诉我养老院的名称和地址。”

植村做了记录，约好下午见面后挂断电话，匆忙整理了一下行装便出了门。到坡下的公交车站得走五分钟，再到 K 站怎么都得走三十分钟。看来得考个驾照了，要是今后一直得在地方城市生活下去的话。

植村在 K 站乘上普通线的下行电车，向北行驶一个小时多一点便是目的地。车厢空荡荡的，植村一人坐在四人的座位上，眺望着远去的街景。

激动的心情仍未平息。

梶聪一郎案的审判令世人瞩目，而自己就要担任他的辩护人了。一切顺利的话，植村的大名将一下红遍全县，甚至可能独立开事务所……

他知道这很难。日常生活中很少有人能意识到律师的存在并利用律师。可是在W县城区，律师的数量却出奇地多，从人口比例和企业数目来看已接近饱和。大多数律师都会在家乡附近设立事务所，利用初高中时的人际关系网，以当地为中心进行经营，无形中形成了各自的地盘。在这种情况下，一个既没有地盘也没有人脉的外来律师想插足绝非易事。

山间地带被称为"〇一地带"，即很多地方一个律师都没有，还有很多地方只有一个律师。植村的故乡S村亦是如此。不过，即使在这样的地方开业也不会有生意。因为纠纷都是请年长者出面协商解决，这是村里的传统。若是义务接受咨询的话，那倒另当别论。不过，若是想用法律介入常年抬头不见低头见的村民中间，以此来赚取养家糊口的钱，那首先就得做好让整个农村社会解体的思想准备。

所以，他一直在等待藤见泰造的死，期盼着与其子范夫合伙经营事务所。不过，如果有条件，最好还是凭自己的力量……

心中燃烧着一团小小的火焰，这一定是自己最后的希望了，植村想。

到达了目的地D站。

这里无疑也是"〇一地带"。站前只有三家商店，目光所及只有一片一望无垠的焦茶色田地，在寒风中扬起阵阵沙尘。

植村向站务员打听了一下养老院的位置，对方回答说在西边三公里远的地方，说着还向对面的特产店打了个手势。特产店的人解释说是兼营个人出租车业务，实际上却是非法的黑出租车。在车里摇晃了五分钟左右，植村便来到了“特别养护老人之家清清园”。

建筑物灰色的墙壁大半都发黑了，给人一种阴暗的印象。植村一进大门就用手指敲起左边的小窗。律师的名片比警察证件都好用，如枯树般干瘦的女职员连会面的理由都没问就连忙把植村让进了屋里。

昭介睡在窗边的床上。

骨瘦如柴，相比之下女职员立刻显得丰满起来。女职员大声在他耳边喊了好几遍，老人才微微睁开浊白的眼睛，植村这才打消了对眼前这位老人是否还活着的怀疑。

“因为事关一些个人隐私，请回避一下。”

支走她后，植村两手张开附在嘴边，贴近老人暗紫色的耳朵。

“您是昭介老先生吧？”

没有反应。

试了好多次也没用。最后只好像女职员那样吼起来，结果也没能让这位一百零二岁的老人点一点头。

植村环视着房间。

床铺整齐地排成两列，每位老人的状态都跟昭介相差无几。只有一位老人直着上半身望着这边，没有焦点的凹陷的眼睛仿佛在凝视着遥远的过去或者来世。

一片寂静。连走廊里都没有声音。

植村行动起来。他打开脚底的包，取出辩护人委托书，手指在微微颤抖。

他拿起昭介放在肚子上的没有体温的手，让它握住笔，再把自己的手捂在上面固定好笔，在委托书上写下了这里的住址、他的姓名……

收好圆珠笔，取出印泥，再让他按上手印。纸上留下的图案难以分辨究竟是指纹还是皱纹。再用纸巾擦拭一下手指上的污渍，同时再度环视房间。只有那双没有反应的凹陷的眼睛仍在望着这边。

植村逃也似的离开了养老院。

又搭乘一直在那里等候他的黑出租车返回了 D 站，跳上了正好驶来的上行电车。

电车行驶起来之后他才想起，从 D 站乘下行电车，三十几分钟就能到达 S 村。

如果有时间，去看老妈一眼吧。植村在渐行渐远的电车上呆呆地想。

啊，没事没事，你……

这次说这话的并不是哥哥，而是他自己。尽管周围并没有其他乘客，植村却紧紧地把公文包夹在腋下。

4

回到 K 站时，已经过了下午一点。

在站前的咖啡厅等待岛村康了时，植村又在大脑里重温了一遍

《东洋新闻》今天早上的报道。他发现了一个新的疑点。

尽管报道的篇幅很长，但从头到尾都没有提到一处关于梶聪一郎去东京的理由。应该是记者还没掌握这么多情报。目的地是“新宿歌舞伎町”，正因为没写理由，才给人无限遐想的空间。

大约过了十五分钟，康子出现在店里，一脸不快。也许是读过《东洋新闻》了吧。

“让您久等了，抱歉。”

康子一坐下，植村就立刻把辩护人委托书在桌上摊开。

“手续已经办完了。接下来我就要去中央警局跟警部见面了。您有什么话要转告吗？”

康子微微点点头，似乎在选择着措辞似的缓缓说道：“会报送来了。请这样转告他。”

“会报？什么会报？”

“只说这些他就会明白。”

语气变得不容置疑。

植村朝桌子探探身。“岛村女士，您是不是有什么误解？辩护人是和嫌疑人站在同一立场的。要为警部辩护，我必须得知道实情。”

康子沉默了，微妙地将视线从植村脸上移开。

“请告诉我，什么会报？”

没有回答。

想与梶聪一郎取得联系。植村忽然从康子昨日所说的这句话中悟出了真正的意思。这并非婉转的措辞。康子只是为了把“会报”已送到的消息告诉拘留所里的梶聪一郎才聘请的律师。

植村把咖啡端到嘴边，一边喝一边拼命地思索。

会报已经送来了。大概是邮寄的吧。不过，梶聪一郎的家里现在没人，那就是康子去查看信箱的。不，康子一定是早已办好了将梶的邮件转寄到自己家的手续，然后收到了会报。康子就是为了把这件事告诉他，才特意聘请了律师。或许是他在自首前先委托了康子，让对方在会报寄来后通知自己一声。

问题是会报究竟为何物。既然叫会报，那么梶聪一郎应该是某个组织、团体或圈子的成员之一。

植村把杯子放到桌上。

“岛村女士，今天早晨的《东洋新闻》您看了吗？”

“嗯……看了。”

“会报，跟歌舞伎町有关系吧？”

康子的表情里明显闪过动摇之色。

有关系，果然有关系。

植村趁热打铁。“请告诉我实话。假如会对警部的声誉产生不利影响，那我绝不会泄露给他人。”

看来是没能猜透他的意思，康子低头犹豫起来。

植村大胆地说出了一个极端的例子。“也就是说，那会报是在歌舞伎町附近售卖的淫秽物品，一旦公开，庭审时会对警部产生不利影响。”

康子愤怒地涨红了脸。“梶聪一郎不是那样的人。会报的内容很正常。虽然他去了新宿……”

等待了数秒，康子仍未说出下文。

“那警部为什么要去歌舞伎町？”

康子并不回答，但呼吸紊乱。

“只告诉我会报的内容就行。”

康子痛苦地把手按在胸口。

“岛村女士，这样我就是想辩护也——”

这时，康子打断了他：“说实话，我也不清楚梶聪一郎是不是想知道会报已寄到的事。只不过因为是他在等待着消息的团体寄来的邮件，所以，我想最好还是通知他一下……仅此而已。”

“什么团体？”

康子垂下眼睛。

“听您的口气，会报一事和去歌舞伎町的事情也许对警部比较有利吧？请不要隐瞒。就算是为了警部。”

康子沉思起来，过了一会儿，她抬起微微湿润的眼睛。

“我只能说这么多了。请直接去问梶聪一郎吧。”

5

W中央警局果然戒备森严。

植村首先向副局长出示了辩护人委托书，申请与梶聪一郎会面。对方的慌乱简直堪称滑稽。身为原县警警部的梶聪一郎竟还聘请了私人辩护律师，这似乎令他们相当震惊。周围的警务科员全都投来同样充满敌意的视线。这也难怪，县警与地检的幕后交易今早才被《东洋新闻》曝光，署内正弥漫着一股杀气。

负责管理拘留所的警务科长给三楼的刑事科打了电话。耸着肩膀下来的是自称小峰的刑事科长。他态度冷淡，说是梶聪一郎正在审讯中不能会面，并说检察官也要求尽量限制与亲属会面，如此重复了三次。植村询问办案检察官的名字，对方回答说是佐濑男。县警和地检在这件事情上已握手言和，就算是找检察官也不可能得到会面的许可。大概是有恃无恐，小峰脸上浮出了得意的笑容，可当植村告诉他自己跟佐濑是同学时，他的笑容顿时消失了，脸色变得铁青。

植村一咬牙乘出租车赶到了 W 地检。

在门卫室做了会客登记后植村便坐在沙发上等待。过了二十分钟左右，他被门卫叫了进去。佐濑的办公室在三楼最里面。

检察事务官不在，房间里只有佐濑一人，正在背靠窗户的办公桌前看文件。

“哟，奇遇啊。”

佐濑扔过来这么一句见面语。因为是离开研修所以来的第一次见面，差不多已经过去二十年了。

“我猜就是你。”

说着，植村在通常为嫌疑人准备的折叠椅上坐了下来。当初听闻现任警部杀妻案的消息时，植村就觉得鉴于案件重大，大概会由堪称检察官元老的第三号人物来督办。而坐在这三号人物位子上的就是佐濑，这一点植村早已通过明信片的来往得知。就在十多天前，他还刚刚给佐濑寄了明信片，把自己返回本地做律师的事告诉了他。

“很辛苦吧？”

佐濑微微一笑，望着植村的发际。而佐濑，脸颊比从前更瘦削了，本就很冷酷的面孔上又平添了几丝威严。

“警察那边热闹得很，你这边也乱作一团吧？”

植村刚说完，佐濑便冷笑一声。

“都是拜那个想象力丰富的记者所赐。”

“跟事实不符？”

“嗯，当成故事倒挺有意思。”佐濑面无表情，直盯着植村的眼睛，“听说你要为梶聪一郎辩护？”

“是啊。所以才来找你。就让我见见他吧。”

“不行。”佐濑坦言道。

“为什么？跟律师见面有什么不妥吗？”

“还在审讯呢。你再等等。”

“会面以自由为原则。检方应该也更改过规定了吧？”

“因为有人写了无聊的报道，都变得神经质了。你就识相点吧。”

分明是藐视的语气。

大学期间就通过了司法考试的佐濑，怎会明白一个蛰伏于地下的虫蛹的心情。

强硬的措辞终于冲出了喉咙。

“既然这样，那我只好以妨碍会面为由向地方法院提起上诉了。召集记者把事情闹大。”

佐濑目不转睛盯着植村。“你这是干什么？”

植村觉得自己被看穿了，越发激昂起来。

“那是我的台词。你们这是在干什么？跟县警偷偷摸摸地做交易，这也配叫检察官？你不觉得丢脸吗？”

“别让人蛊惑了。报纸写过真事吗？”

“你不要蒙我。去歌舞伎町一事是真的吧？”

"在县内彷徨着寻找死的地方，这是梶聪一郎所说的全部。"

"所以更得让我见一面。我要用耳朵亲自确认一下。"

佐濑深呼一口气。

"那，我看这样吧，明天你可以见他。十二月十五日，下午一点，十五分钟时间。这样可以了吧？"

植村点点头。他本来想要三十分钟的，但也不想让时隔二十年的重逢变得更不愉快。

而且，他也有一种内疚感。自己走的可不是高举着正义之旗与检察官做斗争的道路。更何况，为了得到怀中揣着的辩护人委托书，自己的所作所为与县警和地检在梶的供述问题上的行为也相差无几。

"我会记住这个人情。"

植村刚要站起来，佐濑又叫住了他："等一下。"

"植村，你多大年纪了？"

"啊？四十九。"

"一样啊。"

"什么一样？"

"梶聪一郎也是四十九岁。"

"我知道。那又怎么样？"

听植村这么一问，佐濑放下了检察官的架子说道：

"人近五十是不是会有变化？"

"什么意思？"

"比如心境……人生观、生死观之类的。"

植村只觉得一语击中了自己的心灵深处。

"什么变化也没有。我一直以为，人过五十之后多少会变得达观一些，结果却一点都没变。我还是一点都不成熟。”

植村滔滔不绝地说起了真心话。

佐濑点点头，停顿了片刻，一脸诚恳地看向植村。

“梶聪一郎打算五十岁结束自己的生命。”

“什么？”

“理由尚不清楚，反正他想死这一点已毫无疑问。几次审讯后我就产生了这种感觉。”

“根据是……”

“人生五十年。自首前他曾写下这样一句话。”

也就是遗书……

植村凝视着把视线投向窗户的佐濑的侧脸。猜不透他真正的意思。为什么要把情报泄露给身处对立方的辩护人呢？求自己手下留情，是这个意思吗？还是说，他想把未达成的解开梶聪一郎内心秘密的任务委托给自己？

不明就里。不过，这个曾被司法研修所的可怕教官称赞为才智敏锐如剃刀的男人，此时的侧脸上似乎多了些倦怠，失去了曾经的犀利和光辉。

植村出了地检，乘公交车朝事务所赶去。

他要从梶聪一郎的嘴里撬出真相。

不只是为了梶聪一郎，也是为了岛村康子和佐濑。

在车里，植村一直思考着要发给各媒体的传真文稿。

“今天，本人受托担任梶聪一郎的私人辩护律师，明天下午一点将在W中央警局与当事人见面。结束后，本人将在警局前就会见内容做相关说明……”

6

第二天，夹着雨点的风刮得格外猛烈。

植村一大早就上班了，处理完杂事后，上午十点离开了事务所。他昨晚已给《东洋新闻》W 分社打了电话。在会见之前，他想跟写过那篇独家报道的记者谈谈。

他一面收伞一面推开咖啡厅的门，窗边座位上一张似乎在等人的面孔映入了眼帘。

“是东洋的中尾先生吧？”植村打声招呼，男子犹豫地朝他点点头。或许“东洋”二字是多余的。

两人交换了名片。

《东洋新闻》W 分社记者中尾洋平。

“百忙之中约您出来，实在抱歉。”

发表了如此爆炸性的独家报道，本该是意气风发的，可眼前的中尾却神情黯然、目光游移，看上去甚至有些惴惴不安。

植村想起了，今天各早报的反应。在事务所时他曾粗略地扫过一眼，刊登梶聪一郎案后续报道的报社一家都没有。记不清是什么时候，植村曾听一个相熟的记者说过，所谓独家新闻，只有在其他报社竞相追逐，写出后续报道后才是实至名归的。按这个说法，被其他报社忽视的中尾的报道便不能被称为独家新闻。

最好是从这儿开始发问。

“其他报社都没写啊。”

中尾瞪着植村。

“因为他们没得到幕后消息。新闻太大了，有时候就会产生这种情形。”

植村表示理解，深深地点点头。

这大概是实情。其他报社的记者肯定也去找县警和地检求证过东洋的报道是不是真的，而两个调查机关齐声否认，于是其他报社的记者决定借机对东洋采取漠视态度。只要让东洋的报道作为误报独自悬在空中，自己也就免责了。中尾的独家新闻实在是太大了，可是——

中尾的确陷入了困境，这一点可想而知。

“我可以自信地说，报道全都是真的。我早晚会证明给他们看。”

言语间甚至透出一种悲怆。写出了一条令人震惊的重磅报道，却要被迫再次证明其真实性，植村看到了中尾陷入的困境。

没问题，你的报道没错。植村真想这样告诉中尾。

虽然他去了新宿……

岛村康子不小心说漏嘴的这句话证实了梶的东京之行。无论伪造笔录还是幕后交易，县警和地检永远都不会承认。可是，如果梶肯翻供，一切都将瓦解。这是能证明东洋报道真实性的唯一方法。

植村的目标也正在于此。

作为辩护人让梶说出事实，把县警和地检串通一气欺骗世人的前所未闻的谎言大曝于天下。

一定是为了给自己的旧巢——县警留情面才忍受了假口供。县警仗着梶的忠诚有恃无恐，觉得他不可能推翻供述。可是，植村也掌握了调查当局和媒体都不知情的好几条情报。还有战略，经历了物欲横流的六本木时代，他早就熟知如何利用对方的软肋进攻。

胜负五五开，植村估算着。

“总之，只要警部不说出真相，一切都没用。”

听植村这么一说，中尾连连点头。

“真让人窝火。拘留所的嫌疑人，我们怎么也见不上面。”

委婉的措辞之中透露着拜托植村的意思。

“下午的记者招待会你也来吗？”

“当然。我想所有报社都会过去。大家心里应该都战战兢兢的。”

“那到时候见。”植村抓起账单站起身来。

“啊，我来——”

中尾一把从植村手中抢过账单，动作甚至有点粗暴。

植村不禁说道：“明天早晨，所有报社的早报肯定都会刊登出跟你所写的内容相同的报道。”

中尾目不转睛，忽然弯下身，深深地鞠了一躬。

7

风停了，雨也变小了。

犹如杀向敌营一样，植村一点差一刻就走进了 W 中央警局的大门。他从楼梯爬上三楼，一推开刑事科的门，二十多名刑警便一齐瞪着他。大概恭候已久了。其中还夹杂着与刑警身份明显不同的西服组人员，大概是为了谋划如何收拾梶聪一郎案而暗中活动的管理部门的人……

仅仅十米远的距离，可小峰科长的坐席却让人觉得那么遥远。

“拜托了。”

植村微微行了一礼，出示了记有指定时间的公文。这是今天早晨地检用传真发过来的。小峰瞥了一眼佐濑男的署名后，默默地起身。

植村一面望着小峰难掩焦虑的后背，一面往昏暗的走廊走去。一扇红茶色的铁门拦在了正前方，是拘留所的入口。小峰按了一下铁门旁的按钮，片刻之后门便打开了，看守探出神经质般苍白的脸来。

进门之后左手边就是会面室。

植村在折叠椅上坐下，看看手表。一点差五分。塑钢材质的隔板对面，嫌疑人用的椅子折叠起来倚在墙根。

植村决定一口咬定委托人是岛村康子。虽然作为警官的梶聪一郎也许会意识到妻子的姐姐并没有委托权，但一旦让他获知委托人竟是连一次面都没见过的祖父，他一定会当即解除植村的授权。即使不这样做，他也一定会固执地坚持不需要辩护人……

一点到了。植村严阵以待，对面的门却仍没有打开。一分钟过去了，两分钟……三分钟……植村站了起来。这分明是拖延战术。指定时间只有十五分钟，警方却还想再掐去一截。他正要叫看守，门开了。

植村不禁倒吸了一口气。一双清澈的眼睛正凝视着他，那是通过报纸刊登的照片无从窥见的梶聪一郎心灵的窗户。佐濑也与这双眼睛对峙过，并断定梶聪一郎想寻死。

两人隔着隔板同时在椅子上坐下。“到时间后我会来通知的。”

看守面无表情地说完便转身离去。植村慌忙叫住他。

“已经过了四分钟了。请告诉科长，会面得到十九分。”

看守头也不回地走了出去。植村气得想大吼，却忍住了。因为发怒的时候秒针照样在走动。

镇定！植村告诫自己，并将脸贴近隔板。

“我叫植村学。受岛村康子女士的委托为你辩护。”

“不，多谢好意，像我这样的人已经用不着辩护了……”

植村赶紧丢出一串连珠炮，把对方早在意料的反应堵了回去。

“你不能不顾及岛村女士的心情。如果拒绝的话她会伤心的。她非常担心你，并且……”

只能采取劝导和听取同时进行的方式。因为没有时间。

“我从她那儿带来一条重要的口信。”

脸上一怔，分明已猜出口信的内容。

“就是那个——”

植村套起话来。这个辩护人已经从康子那儿听到了全部，他要让如此相信。

“那个团体的会报已经寄来了。”

“会报……”梶的表情暗了下来。期待落空了，他的眼神分明在如此诉说着。康子也无法判断的事实由此终于弄清楚了。他期待的并非会报，而是由那个团体寄来的别的东西。

“你盼望的东西下次应该会寄到吧。”

植村撒下诱饵，可对方并没有上钩。

只能推进谈话。已经过了近五分钟了。

“先生，事实上，昨天的《东洋新闻》早报上刊登了这次案件的内幕。”

梶似乎已经知道这件事，脸上并未出现震惊，眼睛里却浮出悲哀的神色。

“还有你去歌舞伎町的事。”

“不，我……”

“其实，这件事并不一定不利于你。如果讲出真相，我想，反倒有可能成为有利的证据。”

“植村先生……”

植村寸步不让。

“世间是冷酷的。你去过歌舞伎町的事被曝光了，理由却不为人知。那些爱嚼舌根的人一定会津津乐道，说您置太太的遗体于不顾，竟还有心思去玩那些肮脏的游戏。难道这样也没关系吗？”

梶轻轻叹了口气说道：“没关系。”

“是吗？你是在庇护县警。可是，县警又是怎样对你的呢？”

有可能被偷听，这念头在大脑里一闪而过，可植村还是继续说道：“县警抛弃了你，也可以说是见死不救。你只有靠自己来恢复名誉。”

梶垂下眼睛。“我哪里还谈得上什么名誉。我都亲手杀了妻子。”

植村把身子向前探。

“我跟你一样是四十九岁。我努力地活到现在，既有骄傲的过去，也有不如意的日子。但是，到了这把岁数，人生被全盘否定令人难以接受。如果连人格也被否定，被社会抹杀，那就太痛苦了。不是吗？”

塑钢隔板由于植村的气息而变得白蒙蒙。

算我看走了眼……

亚纪子的喃喃自语在耳边回响。

“先生，已经没多少时间了。我坦率地问一句，你去过歌舞伎町，对吧？”

梶闭上了眼睛。

“不……我在县内彷徨着寻找死的地方。”

愤怒从心底涌了上来。同样的年纪，同样败落的人生。可是，眼前的男人却不肯与他共享悲哀。

植村直击软肋。

“那我就直说吧。岛村女士向我承认了你去过歌舞伎町的事情，我打算将这件事告诉记者。在大批记者的围攻逼问下，我想她瞬间就会被击垮。”

睁开眼睛。

“先生，我想从你口中听到真相。为什么去歌舞伎町？你究竟在隐藏什么？”

挺直身板，嘴唇动了。可就在这时，背后的门开了。

“时间到。”

植村立刻从椅子上弹了起来。

“应该还剩四分钟！我要起诉你妨碍会面！”

看守并不理睬植村，催促着退席。这时，只见梶深深地向看守低下头来。

“拜托，再给一分钟吧……就算是行善……”

看守似乎很为难，跟门外的人嘀咕了几句后，退了出去。

梶凝视着植村。那是一双令人不由得退缩的、满含着深深悲哀的眼睛。

"我，儿子病死了，亲手杀了妻子。尽管如此，却还要忍辱活着，是因为我坚信，就算是这样的我也还是有人需要的。因为有人曾这么告诉过我，所以，我还要再活一年……就一年……"

人生五十年——

植村把手掌按在隔板上。

"我不明白。你到底想说什么？又是谁告诉了你什么？"

"我不能说，我想守在心里。只有这一个人……"

"可是……"

梶的脸一下贴了过来。

"植村先生，难道你就没有想要守护的人吗？"

植村的大脑刹那间变得一片空白。

没有一张脸和一个名字浮现出来，植村狼狈不堪。

背后的门开了。这一次小峰也跟看守一起走了进来，一脸不由分说的表情。

"请不要去惊动他。"

梶聪一郎丢下这么一句后，走出了会面室。

植村呆呆地走下楼梯。

雨彻底停了。植村刚走出警局大门，立刻就有一大群记者围上来。电视台的记者也来了。人墙的外面，还有中尾洋平那张夹杂着期待和不安的脸。

一堆麦克风被塞到了面前。一旁就是老板藤见泰造，一面用唾沫抿着浓密的眉毛，一面注意着自己的身影是否进入了摄像机的视野。

植村猛地回过神来。大脑满负荷地运转起来。

该说什么，又该怎么说呢？

去了歌舞伎町，只需如此断言即可。只消这一句，便可让天下人都知道县警与地检合作的脚本全都是谎言。爆出前所未闻的丑闻，植村的面孔和声音将会通过电视传遍全日本。

想到这里，一股寒意窜过脊背。

植村回过头去。

警局大楼三楼，镶嵌着铁格子的窗户……只觉得梶似乎正从那里俯视这边。

植村挥去幻影。

这是最后的机会了。

他紧握拳头，额头上渗出了汗水。

“那么，可以开始提问了吧？”提议开始的记者问道。就在这时，手机铃声响了起来。记者们一齐朝兜里摸去。

“好像是植村先生的吧？”有人说了一声。

植村拿出手机一看，的确是自己的在响。

“那就先让他接电话吧。”

在某人的催促下植村接起电话。

“啊，是我，我呀。”

植村转过身背对着记者。

“什么？现在不大方便。”

“啊，抱歉，抱歉，老妈到底还是住院了。”

“住院！”

“不用担心，不用担心。只是有点疲劳而已。”

“我明天去。”

“啊，没事没事。你——说实话，老妈其实不让我说。她说阿学你每天都在为救人而流汗，要是硬把你叫回来会遭报应。”

植村挂断手机。一堆麦克风顿时又凑到了眼前，伴随着“请”的声音。

救人……

植村张开了嘴。可是，却没能说出话来，而是求救般地回头看向警局大楼。

8

回家时已九点多了。

真实罕见地凑了过来，穿着短得惊人的裙子。

“爸爸，你还挺上镜的嘛。”

“是吗……”

“可是，咱家的报纸也太过分了吧？说什么警察去了歌舞伎町，净胡说八道！”

说着，真实把脸转向厨房。

“妈，快点啊！我还得做作业呢。”

亚纪子小跑过来，背后藏着什么东西。真实一把抢了过来。

“当当当当！”

一个薄薄的盒子，上面绑着红色丝带。

亚纪子扑哧一声笑了起来。

"有什么好奇怪的？今天是你的生日啊。"

五十岁。

盒子里装的是领带，颜色和花纹都与他的年龄相符。

植村连声谢谢都没说就朝卧室走去。

他从壁橱里拽出瓦楞纸箱，取出成捆的明信片在小桌前坐下。

他寻找起"W县"的字样。

自己的人生无疑是胜过梶聪一郎的。植村一面用余光感受着丝带的红色，一面反复劝慰自己。

藤林圭吾

1

回程的新干线空荡荡的。

藤林圭吾坐在窗边的座位上，呆呆地望着车窗外飞逝的杂乱的霓虹灯。他在世田谷的家里度过了周末，然后乘坐星期天的最后一趟下行电车返回 W 县上班。这样的生活已经持续了两年多。回来时的心情却比去时还要低落，因为在家里目睹的光景仍印在眼底挥之不去。

垮掉的父亲。照料烦了的澄子。

父亲今天又想去理发。做法官的时候，他历来都是一周去附近的理发店一次，把耳下和脖颈推光，露出发青的头皮的三七分发型，这是素来以严谨正直为宗旨的父亲在法庭上的固有发型。有时候大概是记忆受到了刺激，父亲一天要站起来好几次，决然地说“我走了”。

“爸，今天是星期一。”澄子战战兢兢地对他耳语几声后，父亲才把呆滞的目光投向墙上那应该每天撕掉一页的日历。可日历从来都不撕，总是停留在星期一。父亲坐下来，开始读桌上的报纸，政治版、国际版、经济版……日复一日一直地读着星期一的报纸。理发的习惯被阻挠了，发脾气的日子也变得少了。但这同时也是病情加重的确切证据。

“被告人梶聪一郎在罹患老年痴呆症的悲观厌世的妻子启子的恳求下——”

一段起诉状的台词伴随着微微的愤怒闪过藤林的脑海。这就是去年年底那件惊世骇俗的现任警官杀妻案。第一次公审就在后天。

“被告人早就决意杀死被害人，于是用两手掐住其颈部，致使其当场窒息身亡。”

藤林将作为合议庭的左陪审法官参加审理。他现年三十七岁，是一名特例判事补[①]。虽然在三名法官中排位最后，可在这次的审判中却担任主任，判决书也将由他起草。

为什么轻易就杀了呢？

果真已尽到照料的义务了吗？

据新闻报道，梶聪一郎在杀了启子后，并没有立即自首，而是去了新宿歌舞伎町一趟。并且，为了隐匿这段令人难以理解的外出事实，甚至还曝出了县警和地检合谋伪造笔录的嫌疑。

藤林忽然发现有白色的东西从窗边一闪而过，立刻转过脸去。东京的一月就能看到雪，这实在是少见。还是自己已进入了县境？霓虹灯和高层大厦的灯火已经不见了，点缀在昏暗车窗上的家家户户的轮廓多少透出一些惆怅。

①从拥有五年以上工作经验的判事补（助理法官）中选出，由最高法院指定与判事（法官）享有同等权限。

每家每户都有人生活于其中，虽然微渺却真真切切。喜悦与悲哀同在。其中，大概也有像父亲那样因病魔而丧失了神志的老人，应该也有很多身心俱疲却一直在竭力照料的家人。少子高龄化的社会现状，今后无疑会越发腐蚀家庭，把微笑和安逸的表情从人们脸上夺走。

藤林轻轻叹了口气。

在老百姓眼里，法官大概连这种理所当然的事情都不能理解吧。数日前播放的一个以司法改革为主题的电视特辑仍残留在他大脑的某个角落。“法官不谙世事缺乏人性”，面对那些高喊着流行口号抨击法官的有识之士，藤林甚至产生了一股冲动，真想把自己恋恋不舍地奔向北边工作的内心剖出来让他们看看。

实际上，牵肠挂肚了无尽头。

贵志哭着求澄子，说想放弃俱乐部的活动。没必要硬让他坚持下去，原本就是心血来潮才参加的，并非真正喜欢乒乓球。不，一旦养成什么都可以半途而废的坏习惯就不好了，况且还可能会失去朋友。那就再坚持一下吧，鼓励他看看情况再说。

雅美也说过想学电子琴。亏她说得出来，半年前刚哭着闹着停止了练钢琴……

更令人头疼的是隔壁刚搬来的那个大学教授，竟一再责难说宅基地的界线弄错了。土地证就在父亲一直租用的银行保险柜里，藤林翻遍了整座房子才找到了钥匙，可要打开保险柜还得在工作日里请假去银行。未判的案子却攒了上百件不止，实在抽不开空。打发澄子去办？不，不行。那可是连母亲都未曾动过的保险柜，谁知道里面到底放了什么呢……

2

一月十五日上午九点四十五分。W地方法院刑事第一部法官室。

“被告是四十九岁吧？”

总管第一部的辻内一面把手伸进法官服的袖子，一面问藤林。

“嗯，是的。”

“前不久刊登的一篇报道，你们读过没有？是警察厅所做的一个统计，说是最近五年全国发生的杀人案中，凶手年龄为四十九岁的最多。”

辻内边说边把脸转向墙上的镜子。“啊，是吗？”正在镜子前面梳着头发的河井夸张地显出吃惊的样子。

辻内得意地继续说道：“五十岁可谓人生的一个坎，应该说的确有这么回事吧。我也快到这年纪了，心里自然有数。不过快到这个岁数的人啊，自己的事情由自己做主的自尊心也太强了。听说自杀的的确很多。泡沫经济崩溃后工作关系和人际关系都很紧张，再加上突遭所谓的裁员整编之类，又无法跟家人和朋友商量，只能一个人闷闷地承受，结果陷入持续的烦恼和焦虑，很容易走上犯罪或自杀的路子。比如今天的案子，焦点虽然是老年痴呆症患者的看护问题，可如果找个人来商量一下，或许也就不会酿成悲剧了。一想到这些，就觉得真是可怜啊。”

难得听到他这么中肯的意见，藤林想。不过，最后的“可怜”二字却让人听着有些刺耳。

“部长，我觉得今天这个被告很难说尽了看护的义务。虽然理由并不清楚，但杀了妻子后，嫌疑人似乎将遗体丢弃在家里，一个人去了东京。”

话音刚落，辻内就皱起了眉头，面露不快。

“藤林君，你可不能妄下结论啊。”

以居高临下的口吻责备了藤林一顿后，辻内又朝门口转过头来。因为书记官秋田已探进头来通知“时间到了”。

于是，三人便以担任审判长的辻内为首，右陪审法官河井、左陪审法官藤林——按照级别高低的老规矩依次出了房间。

走在法官专用的走廊上，藤林不禁对自己刚才的发言有些后悔。虽然举止温和，可辻内这个人嫉妒心强，骄傲自大，从不接受下属的意见和反驳。他与现任地方法院院长属同一派系，又历来交情深厚，所以再小的失误也会被他上报给院长。

要自重。藤林告诫自己。一旦考核时被他加上几句坏话，因此被调到穷乡僻壤，想再往返世田谷可就难了。

第三号法庭背面的法官专用门前面，并排挂着三件法官服，看上去就像三个人影。辻内看了看手表。受他影响，藤林也看了看时间。上午十点整。“走。”辻内轻轻打了声招呼，登上三级台阶推开双扇门。河井紧随其后。

“一期一会。”

藤林像往常一样小声念叨了一句，也紧随二人的背影进了法庭。

3

“起立。”

法警高亢的声音在没有窗户的法庭内回响，所有人都站了起来。辻内向众人施了一礼，最先在正中央的审判长席上坐下。就座声如涟漪般扩散开来，藤林在辻内的左侧坐了下来，俯视着被告席。刚才登上的三级台阶的高度，也就成了俯视方与被俯视方之间遥不可及的立场差距。

梶聪一郎被夹在拘留所的两名警卫之间，微垂着头而坐。虽然脸看不太清楚，可苍白的脖子和穿着凉鞋的脚却给人一种凄凉的印象。

三十个座位的旁听席坐了一半左右的人。加入了司法记者会的十三家报社的记者似乎到齐了，并没有貌似被告人亲属或被害人亲属的人。最后排的左侧有五名西装打扮的男子并肩坐在那儿，个个表情僵硬。大概是W县警的人吧，气质跟那些来听被告人发言的刑警们截然不同，也许是隶属于管理部门的人。毕竟这个案子震撼了整个县警系统。

似乎并没有一般的旁听者。如今，耸人听闻的怪案和极富冲击力的奇案频频发生。即便是一度吸引了众多眼球的案件，只要被告不是名人，或者并不伴有惊人的丑闻内幕以及猎奇色彩，一般是不会留在人们记忆中的。就算是留下了印象，特意过来旁听，也肯定是来追求相应的刺激或精神补偿。现任警官，杀妻案，老年痴呆症，这一连串渗透着社会性的词，即便有让人心情沉重的一面，也不会成为让人来看热闹的招牌。

检察官席上坐的则是W地检第三号检察官佐濑男。他抱着胳膊闭着眼睛，透出一贯的冷酷。

辩护人——尽管早就从文件上获知了这个名字，可还是第一次见到这位名叫植村学的律师本人。一个呆头呆脑、头发略显稀疏、五十岁上下的男人。据秋田说，此人曾在东京创业失败，去年才混回到这儿来。

且不说经历如何，藤林对植村还是暗怀期待的。因为他并非法院指定的律师，而是个人聘请的。如果掌握了有利于被告人的材料，甚至还能对县警和地检合伙伪造笔录的嫌疑开刀。

“开庭——被告人，上前。”辻内郑重地宣布。

梶聪一郎站起来，迈着紧张的脚步走到证言台前。

藤林目不转睛地盯着的脸。

一双清澈的眼睛，自然地融入平和的表情中，丝毫没有一丝逢迎或自暴自弃的神色。美丽的眼睛或语言未必能道出一个人的本质，尽管九年的庭审经验让藤林对此深有体会，可眼前这个男人那清澈的眼神却极不寻常。

辻内开始了核实询问。

“姓名？”

“梶聪一郎。”声音平静，略显沙哑。

“出生年月？”

“昭和二十七年三月二十三日。”

“年龄？”

“四十九岁。”

“职业？”

他的神情暗淡下来。

"前……警官。"

"案发时在职，对吧？"

"是的。"

"当时所属的单位和职位？"

"W县警本部教养科副科长。职衔警部。"

藤林抬起视线。旁听席后方的门开了一道细缝，一名瘦削的男子走了进来。

精悍的脸孔有些面熟。是W县警搜查一科的警官，好像姓志木。去年夏天，在一桩抢劫杀人案中，当另案逮捕问题变成法庭争论的焦点时，就是他在辩方的一片责难声中出庭作了证。堂堂正正，毫不畏缩，并未表现出刑侦人员常见的那种桀骜不驯，反倒是思路清晰、头头是道地与辩方进行了针锋相对的交锋。最终，使判决倒向了有利于县警一方。

志木在最后一排的右侧坐了下来。那五名貌似隶属于管理部门的人则心神不宁地动了起来，其中还有一个脸像木偶般的年轻人对他旁边貌似上司的男人打起了耳语。志木毫不理会，仍目不转睛地盯着证言台上的背影，面露担忧。无论如何，即便同为县警一员，他此行的目的也跟旁边的五人有所不同吧，藤林想。

辻内把脸转向检察官席。

"检察官，请宣读起诉状。"

佐濑霍地站了起来。

"公诉事实：被告人于平成十三年十二月四日晚上八时许，在W县W市新町四丁目八番九号的被告人家中……"

佐濑以具有威慑力的声音宣读着起诉状。对辩方就不用说了，连审判席也送去了一股强大的压力。那态度之傲慢，大有法庭上检方主宰一切的架势。

“罪名及处罚条款，刑法第二〇二条，委托杀人。提请依上审理。”

佐濑落座后，辻内首先宣告了梶的沉默权，接着进行了认罪与否的确认。

“那么，对于检察官刚才宣读的起诉状，你有没有意见？在公诉事实中，有没有不对的地方？”

“没有。”梶以坚定的语气回答。

辻内把脸转向辩护律师席。“辩护人有没有意见？”

植村把手按在桌上，略微欠身，答道：“与被告人相同。”

辻内点点头，让梶返回被告席后，再次看着佐濑。

“那么，现在开始取证调查。检察官，请进行公诉陈述和证据出示。”

佐濑拿着一摞公诉陈述的要点站了起来。

“检察官根据证据欲证明的事实如下……”

接着，佐濑按照老一套，从梶的身世、经历开始详尽地宣读。

“被告人作为其父政雄、其母久子的次子出生于C村，在当地的小学、初中毕业后，考入E町的县立高中。从该校毕业的同时参加并通过了警官录用考试。后在W县警本部被任命为巡查，先后任职于G局、O局、L局。二十六岁时，与本案的被害人启子经人介绍相识并结婚。晋升为警部后，长期在警察学校担任教官。自平成十二年三月起，任县警本部警务部教养科副科长。”

接着转到了家庭情况部分：

“被告人父母早已去世，与其妻启子及独子俊哉生活在警察宿舍。平成五年，俊哉突发急性骨髓性白血病，于次年十二月去世，时年十三岁。此后，被告人便与启子共同居住在被告人父亲留下的住所里。”

佐濑喝了口水，又进入了案发经过和犯罪情况的叙述。

“被告人妻子启子自两年前开始频繁地头痛眩晕，自己服用了一些从市面上购买的药物，可身体却丝毫没有好转的迹象……”

去年四月，梶强行把启子送到市立医院。诊断结果为老年痴呆症。启子似乎在图书馆查阅了一些专业书籍，隐约意识到了自己的病。病情恶化的速度出人意料，很快启子竟严重到经常弄错日期和星期，有时候即使看了表也读不出是几点几分。记忆力迅速衰退，重要的事情接连忘记。为了防止这种错误，启子养成了记便条的习惯，可忘记便条的情况又屡屡发生。

藤林只觉得自己的心跳在加速。这故事再也无法让他冷静地听下去。

到了夏天她确信了自己的病，开始透露出想死的念头。后来，在俊哉的忌日十二月四日那天，梶聪一郎和启子一起去扫了墓。启子清扫了墓地，洗刷了墓碑，然后长时间地双手合十祷告，还说“若是俊哉还活着，应该已参加成人礼了吧”，说着潸然泪下。

可是，启子却丢失了这段记忆。回到家，到了晚上，启子吵闹起来，说是没去扫墓。梶聪一郎反复告诉她已经去过了，却无济于事。

“启子哭喊着说天下没有自己这样的母亲，连俊哉的忌日都忘记了，简直不是人，只想一死了之。并且苦苦哀求被告人，说至少让自己能作为一个母亲死去，让被告人趁着自己还记得俊哉时杀死自己。她抓住被告人的双手按到自己的脖子上，让被告人行行好，杀了她。”

法庭上一片寂静。

“犯罪情况如以下公诉事实记载所示。”

佐濑翻到卷宗的下一页。

藤林也把视线落到被送交审判席的公诉陈述概要的复印件上。后面该讲“案发后”的事了。

佐濑又开口念了起来：“案发后，被告人一度想追随妻子自杀，便于次日即五日清理了房间。可尝试了数次后均自杀失败。六日离开家，终日在县内彷徨着寻找死的地方，但始终未能下定决心。经反复考虑后，七日早晨前往W中央警局自首，简要供述了犯案情况后，被该署紧急逮捕。”

藤林盯着旁听席。

在县内彷徨着寻找死的地方。的确有报纸这么写。不，似乎绝大多数报纸都采信了这个说法。可是，去新宿歌舞伎町一事无疑是事实。地名如此具体，再加上刚才旁听席上五人的反应，藤林对此更加确信了。就在“县内”一词从佐濑口中吐出的瞬间，五人的肩膀全都松了下来。他们长舒一口气，身体的紧张得到缓解。不过却仍紧闭着嘴巴，大概是他们仍拿不准辩护人会如何上场吧。

“为证明以上事实，现提请对甲乙卡片上记载的相关证据进行核实。”

佐濑的声音在法庭上回响，辻内接过话茬：“对于检察官出示的证据，辩护人有无意见？”

藤林看看辩护席上的植村。

这儿才是决胜的关键。

证据中有梶聪一郎的供述。但如果对供述的自愿性有异议，便可提出不同意采用供述作为证据，并请求传唤提审的警官出庭作证。

植村的目光落在手头的资料上，只觉得时间是那么漫长。

椅子动了，植村略微欠身。

“甲乙都同意。”

藤林瞬间屏住了呼吸。

旁听席上的志木站了起来。

辻内迅速说道：“那么，采纳并审查一切证据。检察官，请告知概要。”

“首先，甲一号证据是W中央属的司法警察石坂昭夫所作的日期为平成十三年十二月十日的侦查报告书。侦查始于被告人同月七日到中央警局主动供述‘杀妻”……”

取证调查仍在平静地持续着。

旁听席上的五人平静了下来。木偶人模样的那人嘴角上甚至浮出了微笑。

耍花招……

藤林在膝盖上紧攥着拳头。

下次庭审的日期定为二月五日，第一次庭审就这么波澜不惊地休庭了。

4

十分钟后，为了商量今后的诉讼进程，法庭的主要成员全部集中到了法官室一旁的小屋里。有辻内、河井和藤林三名法官，还有佐濑检察官及辩护人植村。

会议也是由审判长辻内来主持。

“是植村先生吧，证人那边的情况怎么样了？”

“已经安排了一位证人，是被告人妻子的姐姐。说是被害人的姐姐会更明白一些吧。”

“哦。主要想证明什么？”

“主要是关于被害人老年痴呆症的恶化状况，因为她知道妹妹的病情已经相当严重。”

“时间呢？”

“大约十五分钟左右。”

“就他妻子的姐姐一个人便可以了吗？”

“嗯。因为找被告人的同事作证比较困难……”

“啊，的确是这样啊。”

藤林不快地听着他们的对话。

看来植村同意采信伪造笔录的理由只有一个：一旦真相暴露，形势就会对梶聪一郎不利。新宿歌舞伎町，不仅是地名给人的印象，说不定事实上还有什么见不得人的问题。这些植村全都知道，所以才决定跟县警和地检沆瀣一气，一起把伪造的笔录做实。也就是说，三者的利益一致。

不……

不是三者，是四者，也可以说是四者的利害关系。就在植村回答“同意”的瞬间，审判长席上传出的那声微微安心的舒气并没有逃过藤林的耳朵。通过新闻报道，辻内的脑子里肯定也被灌进了“歌舞伎町”“伪造笔录”等字眼。所以，他觉得也有可能得到“不同意”的回答。可这样一来，本案的审理就会被拖长。辻内并不想这样。他深知只有“诉讼进展迅速”才是飞黄腾达的捷径。恐怕，他内心深处也在怀疑着案件背后的东西吧，但他还是决定睁一只眼闭一只眼，早早地结束本案的审理。

果然，辻内脸上露出假笑，开口说道：

“似乎也没什么像样的争议点。那，佐濑检察官，怎么样，下一次能进展到总结发言请求处刑的阶段吗？”

“能。”

佐濑生硬地回答，一副早就看透了辻内心思的表情。

辻内面带假笑，又把脸转到一旁。

“植村先生，你呢？加把劲的话能推进到最终辩论吗？”

植村略显困惑，翻开笔记本。

“呃……我想差不多吧。”

“那就这么定了。”

辻内满意地点点头。转瞬间就确定了梶聪一郎火速的审理计划：二审时结审，三审时宣判。其实这也算不上稀奇事。即使是杀人案，只要被告人完全认罪又没有其他争议，往往都是这样审理的。可是——

藤林却不服。一桩现任警部杀人案怎么能如此草率结案呢？这是一桩甚至还包含老年痴呆症患者看护问题的案件。四方串通放弃查明真相的做法令人无法容忍。

可是，他却张不开嘴。既然检方和辩方都没有明确提出这种事实的存在，法官是很难以“应该有的事实”去追究的。毕竟，审判只是根据被提交到法庭的证据来进行审理。

“那么——”

辻内正要站起来，植村忽然说道：

“我有一事请求地方法院。”

“什么？”

“梶聪一郎仍有自杀的倾向。希望在地方法院内尤其是临时收监的时候多加注意。”

藤林瞪着植村。

这只能理解成是对方希望判缓刑而耍的一个小聪明。无论是在地方法院还是在别处，被告人的身边都会有拘留所的警卫贴身保护，被告人根本就不可能自杀。他明明知道这一点却故意提出来，也许是想给法官一个深深悔过的印象。委托杀人是一种界定模糊的犯罪，可判缓刑也可以不判缓刑，如果判了缓刑，除了代理费和日薪之外，辩护律师还能拿到大把的酬劳。

可是，辻内却信以为真。

“他说过这种事吗？”

在公开审理前，辻内就跟众人大谈过“四十九岁”之事，而那无疑也对植村产生了一定的影响。被告人在地方法院内自杀。他的脸上浮现出一副已想象出那种新闻标题的表情。

“植村先生，被告人是这么对你说的吗？”

“虽然并不是直接说的，可他似乎已痛下决心，要在五十岁时结束生命。”

辻内看看手头的起诉状，确认着出生年月。

“三月二十三日……马上就到了啊。可是，是真的吗？”

“恐怕是真的。”回答者是佐濑。

“啊？佐濑检察官也听说过这种事？”

“他家里有一幅亲笔写的字，‘人生五十年’。到了五十岁，或者是活完五十年后就……我是这么理解的。”

藤林感到惊愕。

若是辩护人的话倒还情有可原，可现在竟连检察官都在做有利于被告人的发言，而且还是以严厉著称的佐濑检察官。莫非这就是县警与地检勾结的佐证？是受县警所托希望从轻判决？

藤林反复打量着佐濑跟植村的脸。

可每张脸上都没有那种要把戏的表情。

怎么回事？

忽然，那清澈的眼神浮现在眼前。

难道是被那眼神迷惑了？打心底里想拯救这个人？难道真是这样？

藤林火冒三丈。

不就是一个不好好照顾发妻，并轻易将其掐死的男人吗？不就是想以暗示自杀骗取同情，好免受牢狱之苦吗？把妻子的遗体丢着不管去了歌舞伎町，那可是日本最大的寻欢之地。谁敢说他不是去玩的？他若是还有愧疚之心，为什么不把理由提交给法庭呢？

翻滚的疑问终于浓缩成语言冲出喉咙。

“我想问二位一句，被告人在自首前是不是去过东京？”

植村一愣，看向藤林。佐濑虽然面朝前方，可脸色分明变了。

“藤林君——”

过内连忙出言阻止，藤林却未停下：

“报上说他去了新宿的歌舞伎町。从各种观点来看，我认为这是真的。”

数道锐利的目光顿时射向藤林。

“那人的事只有那人自己清楚。”

佐濑吐出一句，站起身来。植村也紧随其后，匆忙离开了房间。

辻内脸色通红。

“你这样还配叫法官吗？”

藤林脸色苍白。

“可是，他们分明在撒谎。部长不是也有所察觉吗？”

“胡说！审判是在法庭上进行的。”

“挑起场外乱斗的是他们。他们煞有介事地散布自杀的流言，不就是想混淆我们的视听吗？”

“我们跟他们争什么？争斗的是检方和辩方，对不对？法官必须始终保持冷静和中立。”

“可是——”

“够了。你再多嘴我就把你从本案中请出去。”

藤林咬紧牙关，把话吞了下去。

辻内站起来说道：“你还是先自我反省一下吧。看到你这个样子，你父亲会伤心的。”

5

下午五点时，藤林出了地方法院，跟住在同一栋公寓式宿舍的两名同事一起乘上了黑色公务车。

河井一句话都没跟他说，脸上分明写着不想被人当成是顶撞部长之人的同类。也许是受沉闷空气的传染，民事部的斋木也一言不发。

藤林心情复杂。自己说过头了，还是说得不够？两种念头在作着斗争。

一进宿舍的房间，藤林就发现东京的澄子发来了传真，说父亲在走廊里摔倒，右手小指骨折了。

藤林立刻拨通了电话。

“严重吗？”

“抱歉。”澄子的声音很沮丧。

“你用不着自责。最近，看他走路的姿势就觉得他手脚的动作有些不对劲了。”

“唉……”

“就算身体能硬撑，可一旦大脑的指令不协调了，早晚都会这样。总之，你又没法二十四小时盯着他对吧？别想这些了，今晚早点休息吧。”

挂断电话后，藤林打开起居室的电暖气，在沙发上躺了下来，没想到一躺就是一个多小时。要读的资料和要写的判决书堆积如山，可是，他却怎么都提不起神来。也没有食欲。真想连澡都不洗就睡过去。

辻内的话仍萦绕在耳边。

看到你这个样子，你父亲会伤心的。

一闭上眼，父亲的身影就浮现在眼前，那坐在书桌前的宽大后背。

小时候，父亲只是一种令人恐惧的存在。沉默而顽固，神经却很敏感,还经常发脾气。休息日或宅调日[①]总是从早到晚一个人闷在书房里。还禁止藤林叫朋友来玩，说是妨碍他工作。宿舍在一条死巷的深处，路上没有车辆，正是玩耍的绝好地方，可只要声音稍微大点，父亲就会立刻打开窗户怒喝。无论打球还是玩滑板，父亲都会打开窗户，就连用滑石在地上画画的声音父亲都会表现出过激的反应。

父亲还很清高，不与任何朋友来往。亲戚或邻居的聚会也从不露头，仿佛与世隔绝。若说外出，就只有理发了，他对购物或旅行也绝无兴趣，就连有没有乘坐过电车或巴士都令人怀疑。若是在今天，他一定会被当作一个不谙世事的法官的典型而成为世人批判的对象。而父亲本人肯定做梦都没想过法官遭受批判的时代竟会到来。

父亲也没怎么发迹，所以母亲一定吃了不少苦。据说她是在大学附近的一家廉价餐馆打工时跟父亲相识的。七年前父亲退休，母亲也许终于松了一口气吧，次年春天就因突发性心脏病去世。自那以后，父亲便一个人在世田谷的家里生活。

察觉到父亲的变化，是在五年前藤林从富山地方法院返回东京之后。他在宿舍安顿下来后，会不时地回世田谷的家里看看。不久后他从理发店的老板那里听说了父亲的事情。据说有一次理完发付钱时，父亲竟将整个钱包都递了过来，说“随便拿”。也就是说，那时父亲已经不能正常地记住数字和运算方法了。可是当时听到这话时，藤林心里只有纳闷。

①法官可不去法院，而是在自宅调查、专心写判决书的日子俗称“宅调日”。

此后他留意起父亲的样子，渐渐发现了父亲的各种怪异行为，比如一天会吃四五顿饭，已经洗完衣服的洗衣机又让它运转。去理发的次数也不断增加，由五天一次变成了三天一次，最后竟连去理发店的路都分不清了，有一次还被派出所警员护送回来。

父亲沉默寡言不善交际的毛病延误了病情的发现。去专科医院检查，被诊断为老年痴呆症，当时病情已经相当严重。

由于澄子的通情达理，藤林开始跟父亲同住。之后藤林就被内调到 W 地方法院。藤林并未把父亲生病的事报告给上面。他这么做是有理由的。因为他担心，一旦上面怀疑父亲退休前就已患病，说不定会对过去的判决进行复审。这样的话，一生都扑在工作上的父亲也太可怜了。

他也考虑过拒绝调动，不忍把照料父亲的事情推给澄子一个人。可澄子却半开玩笑地说："这比跟那些同住宿舍的官太太交往要轻松多了，坐新干线三小时就能在家和宿舍间往返一趟。"就这样，藤林说服了自己，踏上了单身赴任的路程。

可是，澄子的辛苦却远超想象。父亲越来越失常，从起床后到睡觉为止，一直要求吃饭，有时会把电饭煲和冰箱弄得乱七八糟，有时还浑身沾满污物在家里乱窜。更难应付的是，澄子每天还得多次阻止父亲去理发。被他喷火似的怒吼是常有的事，经常还被打得手脸发肿。

恰好那时国家开始施行护理保险制度。最初藤林一度犹豫着该不该申请，因为他顾及面子。他不愿让周围人知道"法官糊涂了"这件事。

还不到一个月，他就再也顾及不了这些了。澄子身心俱疲，已接近崩溃。于是他向区政府提出了申请。接受了调查员的当面核实后，父亲被认定为需要二级护理。对方还为此制定了护理计划。他这么做的目的无非是让父亲一周去护理中心待上几天，好让澄子喘口气，可父亲大多数时候都拒绝去护理中心。现在也是如此，澄子得以安闲的时间一周也不过一两次。

藤林从沙发上站起来。

他走进厨房，从冰箱里取出炒面用的生面。饭得好好吃，工作也得好好干。澄子今夜也在拼命战斗呢。

被告席上梶聪一郎的身影清晰地印在脑海里。

深究是危险的,他比谁都清楚。可是,他还是想剥掉对方的伪装，揭露出隐藏在那双清澈眼睛背后的本性。他很难抑制这股冲动。

6

自第一次公审以来的这一个多星期，刑事第一部法官室的三人关系发生了一些变化。

三个人不再一起去吃饭。除了合议的时候，辻内和河井都不再跟藤林搭讪。但这跟彼此反目不一样。三个人的工作都太忙了，那种闲得难受而把精力全放在职场上勾心斗角的事情，他们无论如何也做不来。

关于梶的案子，包括书记官在内谁都不愿提及。辻内也只是用稍显随便的语气对藤林说过一次“你看着办”。就算是藤林本人，也不能老是考虑梶的案子，因而对第一次公审产生的龃龉的回味也逐渐减少了。

毕竟负责的案子哪一件都不能疏忽大意。一期一会，审判正是如此。藤林刚任职时，父亲唯一一次像传授经验似的跟自己说过的就是这句话。一旦审判结束,法官就再也见不到被告人了。正因如此，法庭上那点有限的时间，要尽量为被告人所用。藤林就是这么理解的。茶道世界中那种真心会友的精神，在审判中同样适用。

进入一月份的最后一周，藤林终于咬牙请了个假，去了趟东京。为了解决宅基地的界线纠纷，他必须把土地证从银行租赁的保险柜里拿回来。邻家的大学教授像斯皮茨狗一样狂吠个不停，并且，他也想赶在一周后案第二次公审开庭之前把碍手碍脚的事情全解决掉。

S银行世田谷支行。

事前他早就联系了好多次。因为好不容易找到了租借保险柜的钥匙，却怎么也找不到登记的印章。他只得写了若干份文件寄了过去。还好他是在职法官，银行方面似乎为他省略了一些手续。

藤林从支行右边的楼梯爬上二楼，用设在保险柜入口门前的内线电话把管理员叫了出来。也许是因为他早就通知了对方今天要来，代理支行长跟工作人员一起搓着手赶了过来。办完印章变更手续，又在规定的文件上填完必要事项后，藤林终于被领到了租借保险柜的地方。

八十七号。管理员拽出铝质的箱子，将其运到了房间一角的一个狭小单间里。

“请便。”

管理员离开后，藤林舒了一口气，打开盖子。

土地证立刻跃入眼帘。剩下的……

封着口的一捆书信塞得满满当当。

这保险柜连母亲都不让碰，所以藤林一直猜测里面装着成人画报之类的东西。尽管自己完全猜错了，但看到最上面的信封上写着女人的名字时，就算是不情愿他也猜到了父亲不让母亲碰保险柜的理由。

没想到，父亲竟在外面有女人……

山口八荣子。

藤林抽出信笺，匆忙打开，眼睛飞快地扫着文字。

当时得到您那么严厉的判决，我简直恨死您了。可是在监狱里反复思考，我终于想通了，幸亏您判得那么重，我需要这种严厉的惩罚。现在我已经获释，跟以前一直在交往的对象结了婚。真的非常感谢您。今后我要努力活下去，报答曾帮助我的人们。

藤林放心地舒了口气，折好信笺，再次把手伸向箱子，解开绑在书信捆儿上的橡皮筋。

他自然以为都是感谢信，没想到又猜错了。每一封信都很平常。莫说是邮票了，连收信人和寄信人的名字都没写。

藤林随便挑了一封，拽出信笺。

一种亲切感油然而生。

是母亲的字迹。

我觉得这个叫须川的人本质上并不坏，大概是因为没钱才自暴自弃吧。他的月薪差不多只有你的四分之一，却养着五个孩子，光是糊口都难以为继。我小时候也经历过苦日子，能理解其中的滋味。人若总是填不饱肚子，就会连感情都丧失。别说是笑了，发火或哭泣恐怕都做不到了。

藤林一封封查点着书信的内容。每一封都是母亲写给父亲的。连旧带新得有四十多封。

清高的人背后竟有这样一位妻子。父亲在审案中难以决断时就跟母亲商量，征求她的意见。父亲认识的唯一老百姓就是母亲。

藤林呆立在那儿。

这难道就是父亲的珍宝？

究竟是对身为法官的父亲感到失望，还是在获悉父母的感情后被感动了，就连藤林自己都分辨不清。只有一点他能清晰地感觉到，那就是自己的体温上升了一大截。

7

二月五日，W 地方法院第三号法庭。

“岛村康子女士，请到前面来。”

于是，旁听席上一名上了年纪的女人推开护栏边上的门来到证言台前。法警走过来，递给她证人信息卡和笔。

藤林看看旁听席。

最后一排整齐地坐着五个穿西装的人。稍远处是搜查一科的志木，他独自坐在那儿。跟第一次公审时同样的面孔。

再把视线转向梶聪一郎。

一种平静的存在，这种形容再贴切不过了。可是，这个人却杀了人。

辻内的声音在回响："姓名？"

"岛村康子。"

"年龄？"

"五十六岁。"

辻内催促证人朗读宣誓书。

"请说实话。如果撒谎，会以伪证罪追究证人的责任。那么，辩护人，请开始吧。"

植村站了起来。

"你与被告人是什么关系？"

"他是我妹夫。"

"被害人启子呢？"

"是我的亲妹妹。"

"令妹生前是个什么样的人？"

"活泼开朗，待人随和。"

"想问几个关于令妹老年痴呆症的问题。发现此病是什么时候？"

岛村康子微微低下头。

"也称不上是……发现，觉得不对劲是在大概两年以前。她竟把我的生日忘记了，因为她每年都会给我送礼物。不久后谈起这件事时，她非常慌乱，连连向我道歉。”

植村点点头。

“后来，病情怎么样了？”

“不断恶化。我十分担心启子，就经常去看她，情况真的很严重。吃饭不是连着吃好几顿，就是什么都忘了吃。最让我惊讶的是有一次她竟连我都认不出来了，还喊我妈妈，当时连我都哭了起来。”

藤林感到一阵胸闷。

植村仍在继续。

“令妹意识到自己的病了吗？”

“嗯，意识到了。”

“关于这件事，她对你说过什么吗？”

“说不想活了。过了夏天后，每次见面时她都这么说。”

“是随口一说吗？”

“不，我想她是认真的。”

藤林对岛村康子那坚定的语气感到吃惊。她是为了救梶聪一郎才站到证言台上的，这种感觉深深地传了过来。

“对于夫妻二人，你印象如何？”

听植村这么一问，证人的脸色忽然暗淡下来。

“唯一的儿子俊哉病故了……太可怜了……”

“他们夫妻关系如何？”

“非常和睦。连旁人都知道他们非常信赖对方。”

“案发后，被告人去过你家吧？”

“嗯，来过。”

“为什么？”

“来向我道歉。说令我妹妹遭遇不幸，十分抱歉。”

“那你是怎么回答的？”

“我说用不着跟我道歉。因为我一直认为，较之兄弟姐妹，夫妻的关系才更亲密。”

植村停顿了一下，又用舒缓的语气问道：“你恨被告人梶聪一郎吗？”

“不，我不恨他。”

“我的话问完了。”

藤林轻轻叹了口气。

辩护人让岛村康子做证人的理由显而易见。不恨被告人，辩护人就是想让被害人的亲姐姐说出这句话。

辻内看看佐濑。

“检察官，请。”

“我没有问题。”

得到的是冷淡的回答，辻内把脸转回正面。证人退席，被告人提问开始。

“那么，被告人请上前。”

走向证言台。停住脚，抬起头。

“辩护人，请。”

在辻内的催促下，植村再次站起来，望着梶的侧脸。

“你现在的心情如何？”

“做了一件无法挽回的事情。”

“你儿子是得白血病去世的吧？”

听对方这么一问，梶的身体动摇了一下。

“……是的。”

“没能接受像骨髓移植那样的有效治疗吗？”

“没有适合的提供者。”

“你是说，如果有合适的提供者就能得救？”

“肯定能得救。”

梶的话语中充满了力量。自公审开始以来这是第一次。

“你儿子的死让你很痛苦吧？”

“嗯……”

“你太太呢？”

“变得沉默寡言……卧床半年多。”

“忘记儿子的忌日对她大概也是很大的打击吧？”

低下头。“嗯……我想是的。”

“我的话问完了。”

辻内看看佐濑。

“检察官，请。”

“没有问题。”

辻内点点头，把脸凑到右陪审席的河井旁，又靠近藤林小声说道：

“若是有什么要说的，请。”

语气竟出奇的和蔼。难道是故意把我推出来，等我说出出格的话，好打报告让我贬职？

藤林交叠着手指探出身。

“那，我有几个问题要问。你知道护理保险制度吗？”

“是的，我知道。”

“是从什么时候开始实施的？”

“前年……我记得是从前年春天开始的。”

“没错。也就是说，你作案时已经有了。”

“是……”

“那你为什么就没有考虑过让你太太活下去呢？”

“突然间……觉得她太可怜了。”

“你是为了你太太着想才杀了她的。你想这样说，对吗？”

垂下头。

“请抬起头来。事实上，你一直未珍惜你的太太，不是吗？”

旁听席微微骚动起来。

梶用不可思议的眼神盯着藤林。

“我一直很珍惜她。”

“可你却把心爱之人的遗体丢弃了整整两天，这又是为什么？你难道不觉得可怜吗？”

梶平静的脸扭曲起来。

藤林穷追不舍。

“你真的考虑过随后自杀吗？”

“……是的。”

“在县内彷徨着寻找死的地方？”

“是的。”

“说实话，你到底去了哪里？”

藤林切入了核心，同时，他也感到了几道强烈的视线。

佐濑看着这边，植村也是，还有旁听席上的志木。

全是同样性质的视线。

不是威胁，也不是恳求。既然这样，那到底是什么呢？

藤林倒吸了一口凉气。

一个恰当的词忽然涌进大脑——

守护。

对。佐濑、植村和志木都在守护着他。不分敌我，各自超越了自己的立场，静静地守护。

藤林只觉得额头上冒出了细汗。

辻内凑过脸来。

“完了吗？”

“不，还有。”

自己已经无法退缩。

“你并不是在县内，事实上——”

藤林停顿下来。

梶的眼睛湿润了，如湖水一样深邃。

藤林似乎听到了一个声音——

不要说出来。

藤林失语了。

辻内扭过头来盯着藤林。

“完了吗？”

“……”

“完了，对吧？”

辻内咂咂舌。他果然早就在期待着藤林在法庭上失言。

“被告人回席。”

朝藤林深深地低下头，转过身。藤林呆呆地目送着他离去的背影。

辻内巡视一下左右。

“检察官，辩护人，双方都没有其他要质证了吧？”

“没有。”

“那么，证据调查结束，询问最终意见。首先，检察官，请总结陈词。”

佐濑站了起来。

“总结陈词：关于本案的公诉事实，在本次庭审上结束调查的相关证据足以证明。本该作为法律和秩序维护者的警官成为被告人，其犯罪行为的社会影响巨大，虽为一时冲动犯下的罪行，但罪责极其重大。”

强硬的声音在法庭上回响。

“请求判刑——考虑到以上各方面情况及法律适用条文，建议对被告人处以四年有期徒刑。”

轻了。藤林想。与严厉的总结陈词相比，求刑少了定罪的分量。

“辩护人，请。”

“下面陈述辩护词——承认所有公诉事实。身为警察杀害他人，虽然所犯罪行无法开脱，但请考虑以下对被告人有利的几点：第一、被告人自首并有深刻的悔改之意；第二、被害人患老年痴呆症的严重情况……”

最终辩论仍在持续。

难道无论辩护人、检察官，还是搜查一科的刑警，都不是为了私欲？

为了这个名叫梶聪一郎的人。

佐濑那句话又涌上心头——那人的事只有那人自己清楚。

可为什么，为什么大家会为了他而齐心一致?

弄不明白。

藤林这才知道，法庭中竟然也存在着孤独。

8

宅调日，一个可以不用去法院而在宿舍里专心工作的日子。

在用作书房的六叠大小的里间，藤林正在为笔下毫无进展而上火。他正在写一起抢劫致伤案的判决书，可脑海里却满是明天即将在法官室进行合议的事情。

梶聪一郎，请求判处有期徒刑四年。

据秋田所做的过去一年的量刑表来看，委托杀人和同意杀人的求刑大致是在三到五年之间。除了一起杀死两人的案子，所有判决都是处以三年以下有期徒刑并缓期执行。

可是，犯案时却是在职警官，而且是在从一开始就放弃了护理的情况下的犯罪。本该通过适当的护理让妻子平稳地度过余生，可是——

这时，背后传来拉门被打开的动静。

澄子悄无声息地走过来，把红茶放到一旁的矮桌上。今天父亲去了护理中心，澄子本可以在世田谷尽情地放松一下，可她却说要帮忙打扫一下宿舍就乘新干线赶了过来。

脑海里忽然浮现出母亲的字迹。

“喂，澄子。”

藤林朝就要离开房间的背影喊了一声。

“啊？”

“能不能跟我说几句话？”

藤林让澄子坐下来，把梶的案子从头到尾对她说了一遍，花了一个多小时。澄子把托盘放在膝盖上，歪着头仔细地听着，时而点点头，时而悄悄擦拭一下眼角。

“你怎么想，这个案子？”

“我能说些什么啊……”

“说说看。我想听听。”

澄子低下头，视线落到榻榻米上。

“毕竟知道护理的痛苦滋味的是你啊。说实话我真的不清楚，所以很想听听你的意见。”

“明白了。”澄子坐正身子，挺直腰板，“我觉得，那个姓梶的人非常善良。”

“啊？”藤林一愣。

澄子盯着藤林，眼神有力而直率。“我也曾经被这样请求过。”

“什么？”

“让我死了吧。是公公说的。”

藤林只觉得自己被推入了黑暗。

“这种事……你怎么没跟我说起过。”

“怕你伤心我才没说。”

“什么时候的事？”

“已经是两年前了，正好是公公退休的时候。公公很害怕，我想他肯定是感到自己要垮下去了，所以就对我说了。说让我狠狠心杀了他，让他死。”

藤林仰望着天空。

“我做不到。不可能做到。杀人这种事……”

“啊，那是当然。你怎么可能做出这种事。”

澄子凝视着藤林的眼睛湿润了。

“可是，我却想了很多。当时，我真希望他走。我一直在这样祈祷，他若是出去理发后就再也不回来，该多好啊。”

“啊……”

澄子的声音尖利起来：

“他要是自己死掉了该多好……”

“澄子！”

藤林试图打断她，可澄子仍在继续。

“所以，我觉得他是一个很善良的人。他深切理解太太的心情。孩子比自己先死，作为母亲，再也没有比这更痛苦的事了。我也是一样，若是贵志或雅美死去，然后我发现我连他们的名字和忌日都忘了，我也一定想去死，也一定会求你杀了我。”

藤林听得入了神，目不转睛。

“我想先生深知这些，才杀了太太。宁可弄脏自己的手。”

“……”

宁可弄脏自己的手——

“抱歉，老公，我可以出去了吗？”

她是想一个人痛哭一场。

澄子站起身来，膝盖一软，手撑到榻榻米上，白净的手背上仍留着一块未消的青斑。

藤林说："谢谢。"

"啊？"

"真的谢谢你，老爸的事情……"

澄子还没来得及离开房间，大颗的眼泪就滚落在了榻榻米上。

藤林坐在桌前。

因为善良……

因为读懂了他的善良。

所以，佐濑、植村，还有志木都……

藤林摇摇头。

不对。

若是梶的行为也称得上善良，那么这个世上就不需要善良了。

自己宁愿选择澄子的善良。

选择不杀人的善良……

藤林拿起笔，在公文纸上奋笔疾书：

判决主文 处被告人有期徒刑四年

不予缓期执行。就按照请求判刑处以四年有期徒刑。就这么定了。

梶聪一郎。三月五日的宣判将是最后一次见面了。以后也许再也不会见面，可是，这个名字却绝不会忘记。

一期一会。

藤林再次咀嚼起这句话的意味来。

古贺诚词

1

打开窗户。

清晨的气息扑面而来。还有些凉意，不过应该就会热起来了。从保安管理楼二楼处遇部[1]办公室的窗户里探出头来，灰色的水泥高墙正好映入眼帘。再把视线向上稍移一点，一面眺望着朝雾迷蒙的街景一面深呼吸，这已经成为三年前来到M监狱以来每日的功课了。

古贺诚词用手探了探窗框。

深呼吸的时候他感到视线有些模糊。最近经常会出现这种情况。虽然还未到头晕目眩，却有点像经常在电视广告里听到的翳眼。古贺随便起了个名字叫“老年眼”，每当视野模糊的时候，他就一面自嘲“老年眼”一面揉搓起来。

啊，再坚持一年就行了。

明年春天就退休了，长达四十年的狱警生涯就要告终了。

古贺把恢复了焦点的视线移到下面，监狱和厂房的屋顶反射着

①监狱内设立的部门，负责犯人的改造，帮助其尽早回归社会。

耀眼的朝阳。在一天的工作又要开始之际，他却早已没有了那种意气风发的感觉，也没了振奋感或是使命感。

“平安无事。”像念咒语一般自言自语是他每天早晨的另一门必修课。

一关上窗户，春天的气息便立刻消失了。明年会在哪里感受春天呢？儿子儿媳生活的北海道，还是这座城市看得见高墙的公寓里？

古贺朝门口走去。宽敞的办公室内，井然有序地排列着办公桌，没有人影，一片静谧。他离开房间，走下楼梯，用通行钥匙打开通道的门，迈步走进牢房。

墙上的扬声器里正播放着鸟儿的啁啾声。上午六点四十分，起床的时间。

古贺从通道往右一拐，朝二区一楼走去。这里是收容刚入狱的服刑人员的单人牢房区域。平常上班就很早的古贺今天来得更早，他这样做是有原因的。因为昨天刚来了一个男人，检察厅方面称此人“有自杀的可能”。

编号是三四八。梶聪一郎，四十九岁，原W县警警部。经受不住罹患老年痴呆症的妻子的恳求而掐死了她。W地方法院一审以委托杀人罪判处了四年有期徒刑。没有上诉，判决生效。

来了这么个麻烦的有期徒刑犯，接收方M监狱并不欢迎。古贺的想法也一样。万一出事，上边肯定会追究他这个看守负责人的责任。

值夜的麻田的身影出现在走廊里，他正在巡视着各个单人牢房。古贺心里微微有些激动。他一直以为对方是一个忠实的部下，直到最近才知道事情并非如此。

古贺轻轻喊了声麻田。

“那家伙，怎么样？”

“正常起床。没什么可疑之处。”

“是吗，辛苦了。”

说着，古贺走近五号房的门前，打开监视孔的盖子，往里面窥探。

三叠大小的房间中央，身着嫩绿色囚服的梶聪一郎正在弓着腰打扫卫生。由于刚进来，动作还有些笨手笨脚。

古贺观察着梶的表情。

跟昨日见到的一样，神情并非那种绝望之徒，平静的眼睛里满含力量。古贺已当了四十年狱警，囚犯的拘禁反应或精神状态他自然一目了然。梶的眼睛是活的，分明是对外界仍抱有一种具体的目的或希望。这也意味着，他与外界存在着某种羁绊。进而言之，拥有这种眼神的囚犯是不可能自杀的。

可是……

这羁绊却无从知晓。古贺昨日就研读了他的身份调查表，字面上找不到一个看起来能让他牵挂的人。不，越是研读反倒越是觉得，被他亲手杀了的妻子才是他唯一的绝对的感情羁绊。

两人的独子俊哉于平成五年患上了急性骨髓性白血病，在次年十二月，年仅十三岁时就去世了。梶的父母和兄弟姐妹已经过世。虽然祖父还活着，却早就断绝了联系。所以，除了共同拥有丧子之痛的启子之外，应该已没有牵挂之人了。

可是他却杀了启子。虽说是被苦苦哀求，可他还是一时冲动杀了无疑是他最后感情羁绊的启子。检察厅的联络函件上所书的“对生已经绝望了，有选择自杀的可能”也能让人理解。发信人是负责案的 W 地检第三号人物佐濑男检察官。担心的具体依据有三点：第一、杀死启子后，曾一度在自己家里试图自杀，结果失败；第二、供述说一直彷徨着寻找死的地方；第三、自首前留下了一幅“人生五十年”的字。除此之外，再综合考虑审讯时的感触等，佐濑检察官添了一条意见：“虽然暂时放弃了自杀，但仍能感觉出他五十岁或五十一岁时自杀的可能性极大。”

五十岁已近在眼前了。年满五十的三月二十三日就在后天。

“准备检查！”

麻田的声音划破了走廊的宁静空气。

古贺再一次窥视监视孔，一瞬间，视线正好与梶的相遇，内心不禁一哆嗦。因为一张令人怎么也想不到是警察的平静温和的脸正朝向自己。

古贺粗鲁地打开牢门。开始至关重要。一旦对囚犯产生一种不好对付的心理，哪怕只是一点点，以后的处置也会变得困难起来。所以古贺首先用毫无征兆突然打开牢门的方式表达了支配与被支配的关系。

对方恭敬地低下头。

“早上好。那个——”

还未等他说完，古贺就声色俱厉地打断了他。

“昨天没学过吗？”

“啊？”

“跟长官见面时要报编号和名字。想发言时要先说‘请求交谈’。”

梶立刻调整了站姿，表情严肃地说：“三四八号梶聪一郎。在此请求交谈。”

“不要‘在此’两个字。”

“……请求交谈。”

“说吧。”

“检查时我需要怎么做才行？”

“在牢房中间坐着等。”

“是。多谢。”

古贺凝视着他屈膝而坐的身影。这个人两天后就要自杀了。可就算是戴上有色眼镜细细观察，也没有新的发现。现阶段仍无自杀的前兆。他可以如此断言，令梶拥有生存动力的羁绊果然是在外面。

古贺走在返回办公室的通道上，反复猜测着。

失去了最爱的儿子，杀了妻子，一个在这个世上形单影只的人，还想继续生存下去的理由……支撑着的感情羁绊……而且，据说这羁绊在到了五十或五十一岁后就会消逝。

难以琢磨。怎么都猜不透。达到一定年龄后就自杀，世上真的会有抱定这种决心的人吗？好像随身带着定时炸弹一样。

难道还是因为那个……

古贺边爬楼梯边想。

解开谜底的关键或许就在歌舞伎町。梶聪一郎是在杀妻后的第三天早晨才自首的。其间行动不明，各大报纸均写的是“空白的两天”。其中给出答案的是《东洋新闻》，该报报道称是从W县乘坐新干线去了新宿歌舞伎町。

既然如此，难道羁绊就在歌舞伎町……

古贺一怔，抬起头来。电话响了。他快步走进办公室，跑到最里面的处遇部长办公桌前。

“喂，部长办公室。”

“我是W县警搜查一科的志木。”

微微的紧张感不由从耳根传向大脑。

“我是统括矫正处遇官[1]古贺。请问您有什么事？”

“是曾在我们县警任职的梶聪一郎的事。我找拘留所查询了一下，说是送到你们那儿去了。”

“是吗？”古贺不置可否。从说话口气和把“入狱”说成是“送到”的独特措辞来看，这个自称志木的人无疑是一名警官。但他无法断定。

志木以确信梶在M监狱的语气继续说道：“我想打听一下他的情形。他现在情况如何？”

果不出所料。W县警想确认他有没有自杀倾向。

“这个嘛……”

古贺含糊其词。就算对方是警察也不能透露囚犯的个人隐私，监狱的保密原则甚至远超警察系统数个层次。这儿收容的是三四八号囚犯，而不是那个叫梶聪一郎的人。

“我知道这样不符合规定，但能否请您告知一下？”

对方又问了一次，古贺有种被逼进死胡同的感觉。也不清楚打电话的这个志木到底是什么立场。虽然肯定是梶的原同事，可根据判决书副本，犯罪时的头衔却是跟刑事部门并无瓜葛的教养科副科长。既然这样，志木就不是他的朋友，而是负责案件调查的人？

最终打破沉默的还是志木。

“我想跟梶见一面，可以吗？”

“亲属以外概不允许。”

---

①监狱内负责改造工作的官职，由看守长担任。

古贺先讲了原则，接着压低了声音：“总之，我是什么忙都帮不上。请跟上面联系吧。抱歉，我很忙，先挂了。”

“等一下，古贺先生。”

冷不丁被喊出名字，古贺动摇了。

“请不要这样。我和您没有任何关系。这么早打电话来，首先就有点不合常规吧？”

“这一点我先向您道歉，因为我怕值夜的狱警回家了。我只询问一句就挂电话。请告诉我，梶的情况到底如何？”

“那好吧，我就只说这一点。虽然我并不清楚这个姓梶的人的具体情况，但从昨夜到今早，我们这儿一切正常。我挂了。”

话一说完，古贺就放下了听筒。

本来接了这么个棘手的犯人自己已经被搅得心神不宁了，再蛮缠我可恕不奉陪。这个姓志木的人的强势激起了他的反感，甚至把他常年以来一直对警察系统抱有的偏见也激发了出来。

古贺两手撑在部长桌上，在两眼恢复清晰的成像前他只能这样。

老年眼。

古贺懊恼地嘀咕着。

还有更让他心烦的事，今天要召开每周一次的“御前会议”，在上司上班前他必须做好发言笔记。

2

上午十点，M监狱的管理人员会议开始了。本桥典狱长及下属各部门的负责人全都到席。处遇部出席会议的有樱井部长、竹中科长、狩野主任和光山副主任，负责统括矫正的古贺则坐到了末席。

尽管有若干个议题，可今天最重要的还是梶的问题。

樱井部长做了大致的说明后，本桥典狱长就抱起了胳膊。会议室陷入了沉寂。典狱长所说的一字一句都会成为全体职员奋斗的目标、规则，甚至整个监狱的空气。

本桥把脸转向樱井。

“梶警部的生日是后天？”

“是的。”

“现在情况怎么样？真的会自杀吗？”

他脸上分明挂着新闻炒作免谈的表情。

樱井朝古贺递了个眼神。

“关于这一点，我看还是请古贺主任来报告一下吧。”

古贺咽了口唾沫，手拿笔记站起身来。

“下面我报告一下关于三四八号迄今为止的观察结果。昨天，从办理入狱手续到就寝没有发现任何异常。夜间，我令值夜人员把每十五分钟一次的巡视缩短为每十分钟一次进行了连续观察，结果也没发现任何异常，他似乎睡得很好。今天早晨起床很迅速，早饭也一点没剩全吃了。服刑态度极其顺从，对长官没有一句抗辩。刚才我还在操场观察了一遍正在进行的新入狱人员的训练情况，发现他正在其他新来人员中间，按照特警队员的指导满头大汗地进行着训练。报告完毕。”

“那你的意见呢？”

正要坐下的古贺被本桥一问，只得再次起身。

“就目前来看，看不出他有企图自杀的人常见的不稳定言行及举止。”

“也就是说，看上去不会自杀，是吧？”

古贺并未点头，因为庶务科的人正在做记录。

“无法断定。”

古贺说出早就准备好的台词。本桥皱皱眉，又把板着的脸转向山村会计科长。

“保管物品的检查情况如何？”

山村慌忙翻开手头的本子。

“携带物品似乎很少。钱包、手表和驾照，剩下的就只是衣物之类，并没有特别的东西。”

瞬间，所有出席人员的大脑里全都浮现出半年前的那起自杀未遂事件。那名企图在房内上吊自杀的服刑人员就带着父母双亲的牌位。

本桥喘了口粗气。

“既然这样，那就是说检方在骗我们？”

谁都没有回应。本桥是通过司法国考、拥有高级职衔的典狱长，与检察系统的同族意识很强。这一点谁都清楚，所以大家都拿不准该不该附和。

“简言之，光说些五十岁或五十一岁死之类的话我们怎么能摸得着头绪？地检那些家伙是不是向我们隐瞒了什么？”

说到这里，大家才终于点起头来。

古贺的大脑里也有一个疑点。《东洋新闻》的那篇报道不只停留在填满那“空白的两天”上，还报道了 W 县警伙同 W 地检，把实际上去过歌舞伎町的事替换成了“在县内彷徨着寻找死的地方”。

那条堪称是一级特讯的报道后来竟昙花一现般消失了。其他报纸都没有做后续报道，电视新闻也没有一点消息。无论是送交来的检方相关文件还是公审记录，全都没有出现过“歌舞伎町”的字眼。《东洋新闻》的记者有误报的可能。但是，M 监狱的所有人员，从典狱长到一般看守，却没有一个人不认为有所隐瞒，这也是铁的事实。因为每个人心里都铭刻着曾隐瞒过两三件监狱丑闻的苦涩记忆。

“年轻时犯了错，生下的女儿在歌舞伎町工作。于是就在自首前去见了那个女儿，劝其找一份正经工作。”

本桥忽然冒出这么一句，环视着在座的人。就在大家不知道该如何应对时，马屁精狩野主任却使劲点点头：“有可能。”

那“人生五十年”又是怎么回事？

古贺在心里叫骂着。

仿佛听到了古贺的心声似的，“不，也可能是儿子”，本桥又改了嘴，开始炫耀起他渊博的知识来。

“人生五十年，说的是织田信长喜欢的幸若舞的《敦盛》。事实上，也可以说是在描述熊谷直实一之谷合战中讨伐敦盛的故事。熊谷直实虽然活捉了未能逃脱的敦盛，但得知他与自己儿子同岁后，便心生怜悯，想放走他，可周围全是源氏的兵马，熊谷只得含泪斩了敦盛……”

说着，本桥停下来，伸出脖子。

“古贺，梶警部的确也有个儿子病死了，对吧？”

“是的，没错。”

说着，古贺往后拉了拉椅子站了起来。

“若是还活着有多大？”

“正好二十岁。”

坐下之后，古贺才发现手心都冒了汗。他自己也考虑过多次，所以才能回答上来。

本桥若有所思。狩野拉好了架势，就等本桥一开口便立刻拍马屁，可本桥始终没有开口。外面有个二十岁的儿子。若真是这样，那为什么到了五十或五十一岁后就必须要自杀呢，本桥的大脑中还没浮出一个合理的解释。

一声微弱的叹息从本桥的口中吐出，看来他已经放弃了思考。

“总之，明天晚上是关键。”

古贺再次往后拉拉椅子。

“明天我也留下来，跟值夜人员一起守通宵。”

“能进保护房吗？”

“我想最好还是不作改变，以免带来刺激。我打算继续把他留在新入狱人员的单人牢房里以便观察。”

“知道了。千万要多加注意。要时刻铭记，绝不能掉以轻心。狱内不能发生自杀事故，更何况是前警部。如果让他轻易死去，我们跟警察的关系也就不好处理了。无论是出于人道主义还是监狱的基本原则，我们都应该做好防止梶警部自杀的工作。以上要切记。”

古贺带着紧张的心情离开了会议室。

他并未去办公室，而是直接走向了考查室，因为他觉得这起案件的全部责任都压在了自己身上。怎么接了这么个棘手的囚犯？他再次心想。

梶聪一郎正在考查室与二十多名新服刑人员一起接受教育官的

“入狱教育”课。禁止三原则——禁止交谈、禁止东张西望、禁止擅自离席——似乎已经学过了。古贺进来时他依然一动未动，目不斜视地望着前面。

古贺仔细地观察着他的表情。

与早上相比没有任何变化。也许是被灌输了成堆狱中规则的缘故，表情有点僵硬，可无论是平静的眼神，还是温和的嘴角，都透着一股修行僧般的安详。

古贺只觉得自己被一种不可思议的感觉攫住了。注视着梶聪一郎，他的心情便不由自主地放松下来，心中的焦躁也如退潮般散去。

古贺一直认为服刑者有两类。一类是祸起于极坏的成长环境或是本人与生俱来的性格，生来就注定要来这里的人；另一类则是不发生什么事就不可能来这儿的人。两种情况几乎只有一线之差。从这个意义上来讲，所有人都有来这儿的可能性。

可是，这个姓梶的人，却应该是最不可能来这儿的那类人。四十年来，这双观察过各种服刑者的眼睛这样告诉自己。

古贺怀着复杂的心情返回了办公室。

等待他的是狩野主任那双眼梢吊起的眼睛。虽然他的年龄比古贺要小一轮，却毫不客气。

“古贺君，哗众取宠也得有个分寸，是吧？”

“啊？”

“我说的是刚才的会议。关于明晚的值夜安排应该由我来决定并发言才是。你不要太出风头了，完成交给你的任务就行。”

这个年轻的马屁精用直截了当的话语明确着支配与被支配的关系。

3

宿舍里冷冰冰的。

古贺把剩余的熟食摆放在被炉上，打开杯装酒瓶的盖子。自从九年前妻子美铃因子宫癌去世之后，他就没有了吃晚饭的习惯。

他从被炉一旁的榻榻米上拿起一张明信片。一望无际的绿色草原，像是用颜料涂抹的蔚蓝天空。再翻到背面。他每天都在摆弄这张两年前收到的明信片，寄件人地址的字迹早就模糊不清了。

北海道日高支厅静内。

他早就知道，如果美铃死了，自己和明彦就会渐渐疏远。饲养赛马，古贺没法支持儿子这种梦一般的想法。跟牧场姑娘结婚，在那儿定居，只见过一次的儿媳和孙子……明信片上生硬地写着："退休之后来这儿吧。"他最喜欢读的就是这一行，每天都拿在手里读，可读了又能怎样，总不能厚着脸皮去吧。自己不需要怜悯，与其做一个累赘，还不如死了的好。

古贺把明信片又放回榻榻米上的固定位置。

古贺的下酒菜既不是熟食也非明信片，而是上司的表情和说过的那些话。今天是狩野主任，昨天是竹中科长，前天是樱井部长吧？

古贺咂着舌，站起身来，竟忘了收衣服。他打开窗户，把手伸向晾晒在外的衣服，讨厌的高墙又映入了眼帘。道路对面，M监狱的水泥墙耸立于薄暮之中。古贺有时会产生一种错觉，一瞬间分不清自己究竟是在墙内还是墙外。

你不用理那个古贺老头，他对上面唯唯诺诺地服了四十年"徒刑"。

三个月前在更衣室听到的麻田的声音仍在耳畔回响。沦落到偷听别人对自己真正评价的境地，只能说是人生的不幸。在更衣室内侧，麻田正在给新来的牢房负责人灌输思想。“徒刑”是狱警蔑称服刑者的一种隐语。麻田把对上恭顺的古贺比作向狱警献媚的服刑者加以嘲讽。

古贺呷了一口杯装酒。

他也觉得自己走过的人生平淡无奇。他出生在一个贫寒的农家。由于是三子，没有田产可继承，于是才到村外求职。不过，狱警的道路并非他主动的选择。假如没有高中剑道部校友的相邀，他大概至今都还分不清狱警跟警察的区别。

刚上任时意气风发，充满博爱的人道主义。他也曾有过大言不惭地说着令人倒牙的政府口头禅的年轻时代。他一直坚信，只要努力工作，就一定会让服刑者获得新生。他一直心系对服刑者的责任，真心想做一个深得信赖的老大。他也的确有过将刑满出狱者的喜悦与自己的完全融合在一起的瞬间。可是……

古贺却摔了跟头。

不，事实上摔跟头的是一个姓牛田的年长的狱警。他性格开朗、为人豪爽，待人像父辈一样体贴，深受晚辈们敬慕，也得到了服刑者的信服，正是古贺心中那种理想的老大。

可是这牛田却因为吃里爬外的“信鸽行为”犯了事。他竟受服刑的脱衣舞店经营者所托，做起了对外联络人。这名老板跟黑社会团伙的关系非常密切，经常干一些见不得人的勾当，所以就把他当成了“信鸽”，让他帮忙把那些在看守在场的会面中无法谈及的内容传到外面去。牛田被金钱和女人俘虏了，深深陷进了泥潭。

牛田的恶行因匿名告发而曝光。跪在保安科长面前的牛田苦苦哀求不要把他交给警察。古贺无法忘记从讯问室里传出的牛田的声音：“救救我，我不想进监狱！”

可是，事情却并非将牛田免职即结束那么简单。典狱长一声令下，彻查相关人员。嫌疑最大的就是古贺。这也难怪，因为崇拜牛田的古贺一天到晚都跟牛田混在一起。审讯十分严厉，连睡觉吃饭都不允许，一直持续了两昼夜。尽管古贺坚决否认了压根儿就不存在的同伙关系，可他还是交代了隐隐察觉牛田有“信鸽行为”的事实，受到了降薪处分。古贺迟迟没能晋升就是因为这个缘故。

除此之外，受审时的那种恐怖感令精神极受打击，甚至濒临崩溃。于是古贺在整个系统中沉默了。他丧失了奋斗的热情，只是战战兢兢地在大家的眼皮底下混日子。他也考虑过辞职，可是，农村老家既没有他的归宿也没有工作。不，不只如此。现在他才明白自己没找其他工作的真正理由。

支配欲。一个在外面只能被当作毛头小子的年轻人，一旦当了狱警，就可以凌架于绝对服从自己的几十个人甚至几百个人之上，完全成为人上人。古贺体会过这种快感，他舍不得放弃。受审时那种痛彻骨髓的被支配的恐怖和耻辱，古贺就是通过支配那些像绵羊一样无力的服刑者来逐渐治愈的。

就在这个过程中，监狱改革以惊人的速度向前推进。为了彻底清除吃里爬外的“信鸽行为”和监狱暴力，监狱引入了严格的管理制度。规则变严了，惩罚变重了。“禁止私语”就是典型的例子。监狱剥夺了服刑者自由交谈的权利，甚至连狱警都不能例外。禁止与服刑者私下交谈，就是为了避免“老大”的出现。对古贺来说这或许是幸运的。正因为通过全身心投入到监狱管理中，他才把狱警工作坚持了下来，而没有让任何人察觉到他已丧失了改造服刑者的热情。

古贺将含着的那口酒咕噜一声咽了下去。

没想到岁月的流逝竟是如此迅速，如此平淡。古贺在审讯中深受打击，一直提心吊胆地在黑暗中摸索，可心底里还是相信自己的人生。新的起点，好转，逆转。结果却什么都没有发生。仍是平淡无奇的人生。美铃的死和明彦的北海道之行令古贺变得寡言少语、感情麻木。最终，他只能寄情于工作。工作了四十年。若说剩下的东西，就只有这连肋骨都历历可数的干瘦身体和更加干瘪的心了。

他醉了。

酒量早就超过了极限。理由很清楚。

梶聪一郎。

对那个人来说人生究竟是什么呢？生之为何？死又为何呢？

电话铃声响了起来，古贺一怔。他直觉是想跟他说点什么而打过来的。

他猜对了一半。对方正是早上才把电话打到办公室的 W 县警的志木。

“今天早晨实在是失礼了。”

古贺在酒醉的大脑中唤醒最高警戒。狱警的家庭电话号码是绝密中的绝密。就算是警官，也不可能在仅仅一天之内就查出来。

“什么事？”

“还是梶聪一郎那件事。今天一天没什么异样吧？”

“我不认识这个人。”

“我打听过了，您就是负责人。”

古贺咂舌，肯定是某位同僚说的。狱警中亲警察派的人可不少。狱警录用时，有时候还得委托警察进行身份调查。

“你可真热心。听说过警察很讲兄弟义气，还真是这样啊。说实话，真令人吃惊。”

尽管古贺的话语充满了讽刺，可志木的回答却异常冷静。

“难道不行吗？组织中的一员出事，我想，组织出面来照顾他也是理所当然的。”

“这……”

“为了组织粉身碎骨，可出事的时候组织却缩回手。那还能在这种组织中工作吗？”

古贺认为志木是在将错就错。

“正因为如此，才会有人批评警察包庇自己人。”

“随您怎么想，警察绝不会包庇自己人。组织向来都是明哲保身，一旦谁被视为对组织不利，立刻就会被无情地切除。”

志木的话听起来又有点像内部批评的发言。

古贺有些不知所措，但并没有因此对志木这个人产生兴趣。

“总之，跟今天早晨告诉你的一样，我们这儿没有发现一丝异常。我只能回答你这些。”

“说过什么没有？”

“不是都告诉你了吗，这些事我不能说。总之，你这人……”

古贺恼了。

“你如果真想问，那也对我说实话行吗？”

“什么实话？”

“别给我装傻。你们伙同地检隐藏了不少事情，对吧？什么空白的两天、歌舞伎町的事情。莫名其妙就把这么个奇怪的人推给我们，给我们添了这么多麻烦。”

对方停顿了一会儿。

“关于这一点我向您道歉。”

“道歉就算了吧。我原本就不相信警察。即使我们这边把服刑者改造好了，出狱后还不是照样被你们到处追赶，最终还是得重返我们这儿。有前科者也是人，对吧？为什么你们就不能放他们一马呢？”

说着，一阵微痛袭上胸口。

“当然，也不能断言每个人都能够完全悔过自新。但警察助长了他们重新犯罪，这该是真的吧？”

“犯过一次罪的人有可能去犯第二次，犯过第二次的人必定会犯第三次。人就是这样的。”

一瞬间，古贺被志木的话吸引了。正直的男人，他想。

可是，涌上来的怒火却更大了。

“那也有不再重犯的人吧？警察也太不负责任了。在电视剧或小说里，警察都是一直努力直到罪犯洗心革面为止。可实际上又是如何呢？抓住后只知道严刑逼供，将烂摊子推给我们，然后摩拳擦掌地等待他们再度出狱。出狱的人当中也有因频繁地被解雇而落得被逼自杀的。这些事情你们充耳不闻，反倒是一个警官稍微透露出一点要自杀的意思你们就大惊小怪起来。自己保守着秘密，却一个劲地逼我们说出秘密。能不能请你们不要太过分了？”

正要挂断电话时，志木说道：“他的确是去了歌舞伎町。”

古贺又把听筒贴回耳朵。

“可是，理由却不清楚。尽管我已抓住了几条线索，迄今却仍不清楚他具体去了哪儿，又做了些什么。”

志木的声音很平静。

“只有一点可以肯定，那就是至今他仍有想死的念头。换句话说，他已经没有生的理由了。他失去了一切。不只如此，亲手杀死妻子的愧疚和身为警官犯罪的良心谴责更是让他没脸活在世上。他去了歌舞伎町，在那儿发生了什么事情后，他就放弃了自杀的念头而自首了。不过，这只是暂时的。他心里肯定仍抱着死的决心。”

“为什么你能如此断言？”古贺不禁反问起来，“在歌舞伎町发生了什么后就放弃了死的念头，这种可能性也是有的吧。”

“我审讯过。只再活一年，他就是痛苦地这么说的。再结合他留下的字，不是五十岁就是五十一岁，他已经下定了决心要结束生命。”

“既然这样，那我也说说看法吧，我也看管了四十年的服刑者，明天，梶聪一郎是不可能自杀的。他的眼睛朝着外面，那是一双拥有确切目的的眼睛。”

放心的气息通过听筒微微地传来。

稍稍停顿后，郑重的声音再次响起。

“古贺先生，也许会持续到明年吧，梶的事情就拜托您了。我们这边也会继续调查歌舞伎町的事情，尽快找出能阻止自杀的材料。”

古贺不知该如何回答。他没法接受志木的想法。到明年，这也意味着直到他退休都不能掉以轻心了。

“依我看，县警对梶的事情并不怎么热心啊，而你为什么如此关注他呢？”

“因为我不想让梶聪一郎这个人死掉。还有……”

对方忽然陷入了长时间的沉默。

“或许与古贺先生刚才对警察的看法有关吧。这个案子让我反思了很多。案件这种东西，只要嫌疑人有个像样的交代，再整理成文件，就能在警察厅、检察厅和法院都畅行无阻，就像放上传送带一样。即使看不到嫌疑人的内心世界也是如此，这一点实在是可怕。梶的案子就是典型的一例。他仍未完全招供，可在所有人都还不明就里的情况下他就被送到了监狱。”

古贺只觉得一个重担被推了过来：监狱能打开人心吗？

志木似乎轻轻笑了一下。

“抱歉，说了这么多。说实话，也许是为了自我满足我才这么做的吧。”

自我满足？难道是后悔在什么都没弄清楚的情况下就把梶移送到了检察厅？

“我想做一件值得炫耀的事，哪怕只有一件也好。我想大概就是这么回事。”

这话听起来不像是刑警的台词。功勋事迹应该是他们最容易获得的荣誉，至少也得有一两百件吧。

古贺倒在了从来都不收拾的床上。

酒劲彻底退了，太阳穴微微作痛。一挂断电话，志木就成了遥远的存在。反正志木与梶之间也没有容得下自己的空间，想到这里，古贺又伸出骨节凸出的手在固定位置上摸索起明信片来。

4

古贺并没有看走眼。

第二天，M 监狱就被紧张的气氛包围了，可梶的态度并没有一丝变化。值夜时间由包括古贺在内的三人轮班监视二区一楼五号房。不到五分钟就从镶嵌着单向镜的夜用观察孔监视一次梶的行动，可让古贺等人紧张的场面直到早晨也没有出现。

过了三天，又过了五天，再过了一星期，梶的表情和态度都没有发生变化。戒严状态被解除，由单人牢房转移到了六人一间的多人牢房。至于劳动改造，经过考查，他被安排到了印刷车间。博学多识，书法作品又在 W 县的书法展上获过奖，考查委员本打算让他去做图书管理员，可梶却强烈希望去工厂劳动。

到了四月中旬，他似乎已经完全适应了监狱内的生活，跟同房的牢友们相处也比较融洽。他是前警官的事情一直被严加保密。因为一旦被服刑者知道，他就很有可能成为私刑或暗中施虐的目标。

起床，接受检查，出牢房，验身，劳动改造。只是日复一日默默地过着这样的日子。他从没违反过纪律，也没提出过亲属会面的申请。牢房管理员和工厂负责人都齐夸“前警官就是不一样”。

五十岁。第一个危险期分明已经过去。那么，第二个危险期在五十一岁生日之前是不是就不会来了呢？也不好说。

现在仍有想死的念头。没有活着的理由。

若是相信志木，那么今后的一年间，直到年满五十一岁那一天，每一天都不能放松对他的监视。

古贺继续观察着的情形，至少一天一次。这完全不是一项轻松的工作。退休之前的最后一年了，却为了一个服刑者而每天都紧张兮兮，想想就觉得荒唐。“平安无事”，这句话被念及的次数也在与日俱增，并渐渐变成了一种祈祷。

进入五月的时候，有人来探视梶聪一郎。

岛村康子，入狱时申报的唯一亲属，即被他亲手杀死的启子的亲姐姐。公审时曾作为辩方的证人出庭，并表示“不恨”他。两人之间究竟进行了什么样的会话呢？会面的过程中，古贺心里七上八下。

会面结束后，古贺立刻从在场的工作人员那儿借来了会面簿。可记录的内容却令人失望。说的话实在是太少了，“抱歉给你添麻烦了”，“我很好”，“扫墓就拜托了”。只有一句话令人不放心：“有没有邮件？”这是梶主动提出的唯一问题。

究竟是谁发来的邮件？古贺放心不下，联系了志木。听他通报此事之后，志木回答梶的确正在等待来自某处的一封邮件，并目他们也正在对此展开深入调查。

可是，之后志木就再也没有跟他联系过。报纸和电视都在报道W县女高中生被杀案件。面对现实，志木大概也没有余力再去调查已经尘埃落定的案子了，古贺想。

有五月最后一周的监狱管理人员会议。

古贺像平常一样早早地去上班，检查的时候又照例去看了看，做了没有异状的发言笔记后来到了会议室。

因处遇部门的原因新添了一个议题，即因抢劫致伤而入狱的姓高梨的男犯绝食一事。因为被看守麻田说了句“你脸色很难看”，对方就闹起别扭来。由于高梨刑期将满，即使用服刑者最害怕的取消假释等威胁手段也不管用。最终，大家只好决定把高梨从密切监视的单人牢房转移到保护房，由具有医师执照的医务科长每天诊断一次。

其他的议题也很多，会议延了很长时间。

今天大概不会再让自己作有关的报告了吧，古贺正这么想着，忽然听见本桥典狱长在叫自己的名字。

“今天早晨，W县警打来电话说想对警部作些讯问，明天会派两名刑警过来，到时候你负责照应一下。”

古贺惊愕不已，连起身都忘了，当即反问道：“讯问？”

“啊，说是警部以前所属教养科的摄像机丢了什么的，想调查一下情况。没想到警察还这么细心。”

古贺提心吊胆地问：“有没有说是什么人来？”

本桥把目光落到手头的笔记上。

“志木。县警搜查一科的志木和正。”

走向办公室的古贺心潮澎湃。

有两件事已非常清楚——

志木要见梶聪一郎。

“讯问”是个弥天大谎。

古贺摸不透志木的真正用意。要来为什么非要杜撰一个虚假的理由不可呢？如果向上级申请，秘密会面的许可也应该能批下来。事实上，志木不是已经通过上面的人问出了自己宿舍的电话号码吗？

返回办公室后，古贺拨通了 W 县警本部的电话，请对方转接搜查一科，结果志木不在。

古贺压低了声音，因为狩野主任正走进来。

“志木先生去了哪儿？”

“恕我无可奉告。”

“我是 M 监狱的，我有急事想联系他。他带手机了吗？”

“无论对方是谁，我们都不能告知侦查人员的去向和联系方式。”

形势完全逆转，这次换对方打官腔了。

“那他几点能回来？”

“我不能回答您。因为这是规定，抱歉。”

古贺挂断电话。几乎同时，电话铃声又响了起来。

古贺立刻抓起听筒。

“我是志木。”

古贺早有预感，可是——

“我已经到 M 电车站了。现在能见您吗？”

古贺大脑里一片空白。

“已经到这边了？可讯问是在明天啊？”

“有件事我想在此之前先跟您真诚地谈谈。您能来吧？”

志木态度坚决。

监狱并不像一般机构那样午休时间可以外出。古贺等到下午五点下班后，才驱车出了监狱。

三十分钟后他赶到了 M 站，把车停到停车场，快步走进站内。

志木在那儿。

古贺一眼就认出来了，一位目光锐利、一身正气的男人就站在检票口一旁。

连寒暄都省了。两人互报了姓名后，古贺抢先进入了正题。

“到底是怎么回事？为什么要谎称讯问？”

“我就是来说明这件事的。到那边再聊吧。”

志木示意了一下站前大楼的咖啡厅，接着就往那边走。古贺小跑几步跟上了，然后瞧着志木的脸说：“听说你们都是边走边谈重要事情？”

“嗯，因为走着谈话不引人注目。”志木目不斜视地说道。

“那，请回答我，为什么不以普通会面的方式？”

“因为会面许可不会批下来。”

“那只是原则上的规定。”

志木打断他，说道：“就算是我能见到他，可如果另一个人不能跟他见面，那就根本没有意义。”

古贺想起了本桥的话，说是要派两个人过来。

“能见着面的。都是刑警，上面允许两个人同时会面。”

志木并不回答，而是伸伸右脚让咖啡厅的感应门自动打开，然后用眼神催促着古贺进去。

古贺停下了脚步。

他两腿发软，一股汹涌的恐怖正在夺走全身的体温。好相似，跟作为同伙被审讯时的恐怖感十分相似。

“不会吧……”古贺的声音微微颤抖，“另一个人并不是刑警，对吗？”

志木并不回答。

古贺瞪大了眼睛，凝视着志木的侧脸。

“你想让我合伙演冒充警官的把戏？”

志木严肃的面孔朝向古贺。

“到里边再谈。”

昏暗的店堂令人联想到地狱。

古贺咬咬牙，说：“这种事不行，绝对不行。”

志木的眼睛里露出坚定不移的神色。

古贺加重了语气：“我是司法事务官，你也是维护法律的警察对吧？我们既不能违法，也不能违反原则。不能知法犯法。”

“里边谈。”

“别把我这老头子搅进来。我再过一年就退休了。我不想因为这种事失去干了四十年的工作。”

就在这时，店中央的座位上，一个人站了起来。

少年……青年……年龄介于两者之间。他害羞地笑着，朝古贺鞠了鞠躬。

羁绊——

就在想到这个词的一刹那，“老年眼”袭来。古贺的手在空中乱抓，死死地握住了志木的胳膊。

5

早晨，天空中飘着雨。

古贺伫立在M监狱大楼一楼的大厅里。

入口处出现了人影。志木和正准时在约好的上午九点现了身。

他甩掉伞上的雨滴，注视着古贺走进大厅。

身后跟的则是池上一志。昨天在咖啡厅见面时的笑容不见了，现在已完全换成了紧张的表情，连走路的姿势都有点僵硬了。

古贺与志木默默相对。

志木从怀里掏出文件。W中央警局局长写给M监狱典狱长的，请求批准对梶聪一郎进行讯问的信函，嫌疑是贪污。

古贺确认了一下信函，注视着志木的眼睛。

“请出示一下证件。”

志木从西装的胸袋里取出警察手册，翻开封面，把第一页的身份证明出示给古贺。

姓名，所属部门，照片。古贺抬起视线，瞥了一眼志木后，又看看一旁的池上。

虽然表情僵硬，可这张面孔却十分和善。他说自己十九岁，在新宿歌舞伎町的拉面店上班，还说将来要开一家自己的店，做日本第一的拉面。

古贺把视线转回志木身上。谜底似乎已经解开。

起码要做一件值得炫耀的事——

没错。连一件值得炫耀的事都没有的人，晚年注定是可悲的。明信片已放进了书信夹，古贺再也不会往那个固定位置摆放了。

古贺转过身。

“我带你们去。请跟我来。”

同伙关系成立。

来到接待处，古贺朝探出头来的工作人员说了声“手续已办妥”，然后走进通往管理楼的走廊。身后传来清晰的脚步声。古贺用通行钥匙打开大门，示意两人前往深处。尽管表面上挺轻松，可古贺却是鼓起了最大的勇气才做到这些的。

走进办公室。推开门的手已有点冒汗。所有的视线都朝向了这边，樱井部长，狩野主任，光山副主任。古贺穿过楼道，让志木和池上在沙发上坐下来，然后朝三号讯问室走去。

这儿的讯问室跟警察局那边的稍有不同，门上镶着透明的玻璃，内部空间也是那边的两倍多。

古贺走进讯问室。

梶聪一郎坐在中央的钢桌前，两边站着两名特警队员。梶正用诧异的目光注视着古贺，因为他什么都不知道就被带到了这儿。

古贺对两名特警队员说“可以下去了”，等两人退出之后，他朝沙发上坐着的两人打声招呼：“请进。”

首先进来的是志木。

梶瞪大了眼睛。

接着池上也走了进来。

梶的表情僵住了。

池上的表情也瞬间发生了变化。但跟梶截然相反，他的整张脸上顿时充满了阳光，同时露出了笑容。

古贺也进了屋，没有走向桌子，而是背靠着门站着，用身体挡住透明玻璃，想把外面的目光和池上的身影隔离开来。他既没有受到威胁，也并非为了人情，而是自己决定这么做的。

池上激动地说：“我果然没猜错。您那天走进店内的时候，我就隐约察觉到了，心想不会就是这个人吧。”

一直在沉默。

“真高兴能见到您。虽然违反规定，可我还是一直想见见您，想好好地向您道句谢。”

梶的上半身越发前倾，双肩微微颤抖。

古贺发出无声的叹息。

不幸的人，他想。

独子俊哉患上急性骨髓性白血病去世，妻子启子正值壮年，却患上了老年痴呆症，记忆力减退，连俊哉的忌日都忘了。据说启子已经半疯，想趁着还能记着俊哉的时候死去，至少能作为一个母亲死去。梶应许了她灵魂的呼喊。

当亲手触碰到妻子冰冷的遗体时，究竟作何感想？恸哭，绝望，死的决心。正是在这种时候，发现了潜藏在内心的感情羁绊。对于失去了所有亲人的梶来说，这羁绊无疑是至高无上的珍宝。在自杀之前他想再触摸一下，再感受一下，哪怕只是一瞬也行，他就是想确认一下自己仍同一个人联系在一起。所以，去了歌舞伎町，去见了池上一志。

造访了歌舞伎町的拉面店。鉴于一些原因他不能说出自己的名字，也不能说出池上的名字，可是他手里却紧紧地握着一条能找到池上的唯一线索。

一则剪报。去年十月二十三日的《东洋新闻》，“读者之声”专栏。上面刊登着池上的投稿，标题是《感谢生命》，内容则是十三岁时患上急性骨髓性白血病的池上，接受了骨髓移植后平安出院，直到在歌舞伎町最小的拉面店上班的故事。

这就是梶的羁绊。给池上提供骨髓的捐献者正是梶。

俊哉就是因为没等到合适的骨髓捐献者才失去了生命。俊哉本人就不必说了，身为父亲，梶不知有多遗憾。志木说，被捕后，梶只表露过一次自己的感情，就是在公审法庭上，当律师问到“如果有合适的捐献者就能得救吗”时，他语气坚定地回答“我想一定能得救”。志木明白在骨髓库登记的心情，他是想挽救别人的生命，以此来弥补没能救助儿子的遗憾。

登记的第二年机会就来了。虽然不公开捐献者与受捐者的名字是移植的规则，可彼此的年龄、性别、居住地区还是能透露的，通过骨髓移植促进基金会也能进行有限的书信往来。池上的投稿上写明了移植时间和家庭构成，所以，只要跟往来的书信内容一比对，要确定他是不是自己的骨髓受捐者并不是难事。在去年十月梶确认了池上正是自己的骨髓受捐者。

歌舞伎町最小的拉面店。杀了启子后，就靠着这条线索在街上行走，寻找池上所在的拉面店。池上第一眼看到坐在柜台边的梶时，就凭直觉感到他是自己的捐献者。梶也肯定是一眼就认出了池上。骨髓移植是最终极的分享生命的志愿行为，接受移植的患者连血型都会变得跟捐献者相同，彼此的鲜血一定会产生感应。

梶并没有与池上相认。即便没有移植的规则他也不愿挑明身份。被逮捕后更是如此。无论被警方和检方多么严厉地讯问，对池上的这种羁绊，他始终守口如瓶。

因为他要顾及池上的心情。自己接受的是杀人犯的骨髓，池上一旦知道实情会作何感想？在今后漫长的岁月里，痛苦和苦恼挥之不去。他一定会觉得自己的身体和血液被玷污了。所以，与池上的这层关系他必须守口如瓶，就这样下定了决心。

可是，内心决定的还不止这些。

昨日在咖啡厅时的情形浮现在眼前。古贺向对面座位上的志木提出过疑问。跟池上见面后应该已达到了目的。只要能看到与自己生命相连的青年那健康而努力工作的身影，他就应该满足了。可为何却放弃了自杀呢？为了回答这个疑问，志木从包里取出一份淡黄色的文件，是骨髓库的捐献登记书。志木用粗糙的手指指着其中一项——

到五十一岁生日当天，登记即被取消。

古贺终于明白了“人生五十年”的真正含意。这是濒临死亡边缘的梶所做的惨烈决定。

再救一个人。

看到朝气蓬勃的池上的身影，产生了这样的渴望。

自己是不能活在这个世上的人了，心早就越过了死亡线。可是身体呢？却与心毫无关系地继续活着。这身体仍有价值，它能帮助另一个人重生。每天都有没等到合适的骨髓配对者的孩子们死去。既然这样自己就活下去，忍辱负重地活着，直到登记被取消的五十一岁生日。

所以，他没有自杀，而是选择了自首。他做好了忍受侮辱的思想准备，做好了作为一个人、作为一名警官的尊严和自豪被撕裂的思想准备。

在孤独中默默地等待着邮件。“您被选为骨髓捐献候选人之一”，他每日都在期盼来自骨髓促进基金会的邮件。对梶来说，这才是活着的全部理由。

志木说自己了解到真相是源自上司的孙女因白血病住院一事。尽管顺利地找到了捐献者并接受了移植，可六十岁的上司却并未露出笑脸，而是遗憾地说“可惜我没用，若是再年轻十岁，我也能回报社会了”。

啪嗒啪嗒。雨点打在讯问室的窗户上。也许是起风了吧。

古贺把视线转向梶。他仍低着头。

再把视线移向志木，一张若有所思的脸。他恐怕正在与自己思考着同样的事情。

别这么悲壮地死去——

全看池上一志了。

在歌舞伎町的拉面店，大概就是像现在一样，弓着背遮着脸吸溜着拉面吧。他肯定是一边吃面，一边把俊哉的身影与池上的重叠在一起。他注视着池上，犹如注视着儿子成长的身影——只要有合适的捐献者就一定能活下来的儿子。正因如此，才决定要再救一个人。可是，心里萌生的感情难道仅仅局限于此吗？

被赐予了生命的池上，难道不能唤起求生的希望吗？用生命连结起来的感情羁绊，难道就没有在梶的心里掀起过对生的眷恋？

这是一种祈祷，所有了解梶聪一郎的人的祈祷。

古贺看看池上。

怎样才能拥有如此平和的表情呢？是因为熬过了痛苦的治疗，从死亡线上挣扎回来，还是了解了人无法独自活着的缘故？

古贺背后的门被敲了两下。马上就到时间了，敲门的人提醒道。

池上慌忙开口：“下次我来做。”

他努力朝桌子探出身，简直都要趴到上面似的，把脸贴近。

“我会做最好吃的拉面，所以请一定再来。”

梶的头更低了，弓起的后背剧烈地起伏。

门再次被敲响。

古贺没有动，用后背挡着透明玻璃。

池上奋力踮起脚尖，把手伸向梶的肩膀。

“真是太感谢了。我会珍惜您赐予我的生命。好好珍惜。”

沙哑的声音响起。张口了。

“不是……不是我……”

志木仰望着天花板。古贺垂下肩膀。就在这时，池上摇着梶的肩膀喊了声：“爸爸。”

梶的脸弹簧般抬起。

池上脸红了，微微一笑。

“在家里我都是这么说的。我说，我有两个爸爸。”

都说感动至极的人的脸就像刚降临人世的婴儿一样。现在的梶即是如此。

池上握住梶颤抖的手。

用双手紧紧地握住。

就像输入新的血液一样。

志木看看古贺，微微闪动的眼睛在道谢。

后面就交给我好了。古贺回以这种眼神。

我是不会让他死的。怎么能让这人死去呢?

古贺的视野模糊了。“老年眼”的眼角涌动着一种滚烫的东西。